A MEMÓRIA DAS ROSAS

HENRIQUE SCHNEIDER

A MEMÓRIA DAS ROSAS

L&PM EDITORES

Texto de acordo com a nova ortografia.

Capa: Ivan Pinheiro Machado
Preparação: Larissa Roso
Revisão: Luiza Gressler

CIP-Brasil. Catalogação na publicação
Sindicato Nacional dos Editores de Livros, RJ.

S385m

Schneider, Henrique, 1963-
Memória das rosas / Henrique Schneider. – 1. ed. – Porto Alegre [RS] : L&PM, 2025.
168 p. ; 21 cm.

ISBN 978-65-5666-609-9

1. Ficção brasileira. I. Título.

25-99628.0 CDD: B869.3
CDU: 82-3(81)

Gabriela Faray Ferreira Lopes - Bibliotecária - CRB-7/6643

Rua Comendador Coruja, 314, loja 9 – Floresta – 90.220-180
Porto Alegre – RS – Brasil / Fone: 51.3225.5777

Pedidos & Depto. Comercial: vendas@lpm.com.br
Fale conosco: info@lpm.com.br
www.lpm.com.br

Impresso no Brasil
Primavera de 2025

Sumário

1

AS ROSAS DE EVA

As rosas sempre foram as flores preferidas de Eva. Não que deixasse de lado as outras; a todas emprestava as melhores mãos e olhares, e percorria os corredores terrosos e estreitos que separavam os canteiros do jardim, tesoura e pazinha presas à cintura, com a mesma alegria renovada da criança que desperta e percebe que ainda está ali o cavalinho de madeira que cavalgou no sonho. Era às cores e aos aromas do pátio que dedicava as horas mais felizes de seus dias, mesmo que ocupados na maior parte do tempo pelos cuidados ao marido, a Hannah e Thomas.

Mas as rosas eram uma paixão que ia além. Manuseava-as com a ponta dos dedos, acarinhava-as na mesma suavidade com que, anos antes, acariciara os rostinhos infantes e os cabelos alourados da filha e do filho, e quando uma de suas favoritas morria antes do tempo, era com pesar de funerais que, cuidadosamente, puxava da terra as suas raízes.

Lia pouco; não mais do que a Bíblia, as notícias do semanário da colônia, algumas revistas e os raros livros sobre flores que o marido mandava vir da Alemanha, em encomendas que levavam meses a chegar e eram uma festa demorada e difícil a sua parca leitura, ocupando na sala – como tratados luxuosos que eram – a mesma importância ostentada pelo piano lustroso no qual Hannah executava de quando em vez alguma valsa. Os livros, capa dura e a maravilha das gravuras coloridas nas quais as flores de todos os tipos pareciam encher as páginas de perfume, ocupavam um lugar de orgulho em cima da cômoda pesada e maciça cujos pés Phillip Schneider, o carpinteiro da vila, levara séculos para tornear, copiando-os centímetro por centímetro de uma revista francesa.

Eva manuseava e lia os livros, às vezes falando consigo mesma como se nada mais houvesse, com o mesmo desvelo e atenção com que cuidava do próprio jardim. Foi assim que, entre aromas e cores imaginárias, foi descobrindo um pouco desordenadamente os significados e os mitos das rosas, além de inventar aqueles que achava que podiam ser inventados.

A rosa.

Eva carregava consigo certa alegria sem nome ao contar a quem quisesse ouvir os cantos de sua paixão. Nenhuma flor é mais importante, vaticinava ela aos ouvidos das amigas que, de tanta ignorância, sequer podiam ser incrédulas. A rosa adotada no cristianismo como símbolo doce de Maria, mãe do Menino Jesus, era também símbolo de Afrodite, não por acaso a deusa grega do amor e da beleza; esta, contava Eva, havia nascido das espumas do mar, que naquele instante haviam tomado a forma de uma rosa branca, maior imagem da pureza e da inocência. Mas – continuava ela, em seu português pesado de sotaque – quando Afrodite viu o seu amado Adônis ferido e correu a socorrê-lo, picou-se num espinho e coloriu de vermelho as rosas brancas que lhe eram consagradas, e desde então aquelas flores rubras significam a força maior da paixão.

Afrodite, Adônis, Safo – que havia dado à rosa o merecido título de Rainha das Flores –, Ísis, os segredos medievais e a imperatriz Josefina, que tinha conseguido reunir nos jardins reais a primeira coleção internacional dessas flores, com as mais de duas mil e quinhentas variedades até então conhecidas – todos esses nomes eram pronunciados por

Eva com incerteza histórica e pouca exatidão, mas com a admiração verdadeira por partilharem com ela a mesma paixão.

Dois mil e quinhentos tipos de rosas! Esses jardins seriam o paraíso, lugar de onde não sair, pensava Eva, enquanto imaginava os corredores repletos de cores e tessituras, pétalas infindáveis e delicados espinhos, a ferirem apenas as mãos que deles não soubessem cuidar. Rios de flores em ondas suaves, a mover-se de vez em quando na leveza dos ventos. Dois mil e quinhentos tipos de rosas a perfumarem o mundo inteiro, um mundo bom e pleno em que as flores escolhidas preencheriam a vida com buquês e ramalhetes, vasos e cântaros, campos e caminhos, e nos quais reinaria a rainha de todas as rosas, a rosa do rei.

La rose du roi.

Eva pronunciava o nome da flor amada num francês de sotaque indefinido, indeciso entre o alemão no qual se contavam as histórias antigas de toda a colônia e o português impreciso desta terra quase virgem e que ainda no século passado tinha acolhido com um abraço jovem os seus avós e os avós de seu marido e na qual haviam progredido e criado os filhos.

O empório e o hotel que o esposo herdara do pai já haviam fincado há tempos sua boa fama, e enquanto na pousada se hospedavam todos os caixeiros-viajantes na busca de vendas e negócios nesta urbe que tinha cada vez mais ares de progresso e ruas calçadas, à loja acorriam até os moradores de outras vilas, atraídos sempre pelo sortimento e a qualidade dos produtos e pelas chances de preços baixos. Além disso, sangue inquieto nas veias vivas, Johann tinha há pouco instalado uma fábrica de sapatos, certo de que ali talvez estivesse a vocação do lugar.

Mas *la rose du roi.*

A paixão de Eva não se limitava à flor; ia também à história da flor. Não que soubesse muito: apenas o suficiente ao fascínio. Num dos livros que o marido importara estava o relato, atentando que era apenas uma possibilidade – mas tão encantadora que Eva achou que não poderia haver outra. O conde Lelieur, na França, num cruzamento entre várias rosas antigas e com esforço dedicado que perdurara por anos, havia desenvolvido a flor, que, orgulhoso, batizara com o seu próprio nome: a rosa Lelieur. Mas o fascínio da rosa era tão grande que, quando Luís XVIII subira ao trono, alguns aduladores – sabedores do amor do soberano por aquelas flores – sugeriram a Lelieur que a rebatizasse, ideia que o conde, pesando em seus olhos mais a vaidade que o respeito, havia refutado sem muito pensar: melhor um nome para sempre do que alguns privilégios temporários. No entanto, por volta de 1816 – pouco mais de um século atrás, pensava Eva –, o poder real gritou mais alto, o pedido tornou-se ordem e a flor, parecendo urgente questão de Estado, foi rebatizada como a rosa do rei. *La rose du roi*. E uma flor que fora objeto da vontade e disputa de um monarca só podia ter ares de realeza.

Johann mandara importar da França, a duras penas e entendimentos, duas caixas das sementes dessa flor e dera a Eva, no seu aniversário de três anos atrás, a surpresa mais bonita da sua vida. As lágrimas da mulher ao abrir os pacotes cheios daquela valiosa encomenda, enquanto ambos tentavam ler sem sucesso as instruções de plantio, faziam valer todo o sacrifício, tempo e custo da empreitada. Foi o melhor presente que já ganhei, disse ela ao marido, enquanto já começava a cuidar das sementes com o carinho colono e a intuição de seus dedos verdes que, mesmo sem alcançar as elegâncias francesas, eram suficientes para garantir-lhes a fertilidade.

E desde então, desde aquele primeiro dia (dormira com as sementes de rosa no bidê ao lado da cama), Eva se esmerava na atenção àquela planta distante e delicada. Preparara com suavidade um lugar nas fileiras dos canteiros, afofando a terra por alguns dias enquanto estudava se ali se derramaria o sol necessário, e quando finalmente enterrou no solo as pálidas sementinhas, feliz como se anunciasse uma gravidez desejada, teve a certeza de que daquele canto sairiam as rosas do rei mais únicas de todo o mundo, como se o conde Lelieur mesmo as tivesse plantado. No tempo em que as primeiras flores começaram a aparecer, belas e tímidas como se ainda descobrissem aquele novo continente, Eva quase não soube o que fazer com sua felicidade. Passava tempos apenas mirando as rosas em sua raridade, um pouco temerosa de tocá-las e murchar suas gordas pétalas magenta. Desde então, eram as flores mais queridas de seu jardim, às quais dedicava o maior zelo e vigilância.

(Lá está ela, agora: reparem na alegria com que trata suas flores.)

2

A CHEGADA DA PROFESSORA

A rosa parecia refulgir nas mãos de Eva, que, junto com Johann, aguardava na estação a chegada da nova professora da escola. Não havia muita gente na gare – a vila ainda era uma parada menor na viagem diária do trem que ligava Porto Alegre à parte alta da Serra, e naquela terça-feira eram poucos os que esperavam por alguém ou aguardavam para embarcar. Johann cumprimentava todos e todas com certa simpatia solene, simpatia esta que era conveniente e necessária a sua dupla condição de comerciante próspero e presidente da Associação Colegial, que mantinha e impulsionava a escola de moças, orgulho do lugar. Nossas moças são modernas, comentava sempre que podia, sinceramente orgulhoso; ainda mais porque tinha em Hannah, na própria casa, o bom exemplo do que dizia: depois que se casasse com Franz Maurer, se o marido permitisse, a filha poderia até ter uma profissão.

Eva olhou para a rosa ardente em suas mãos, flor que lhe custara tanto a arrancar da terra, e depois procurou o relógio da estação: nove e vinte. Em dez minutos, o trem chegaria, caso não se atrasasse (era terça-feira, um dia calmo: certamente estaria no horário). Enquanto olhava os campos ondulados e atravessados por capões que se estendiam por trás da gare e cuja placidez contrastava com a rapidez cada vez maior das ruas da vila, pensava em como seria a nova professora, essa professora que daria aulas a Hannah e a todas as moças. Catarina parecia vir com os melhores predicados; havia sido mestra em mais de uma escola em Porto Alegre. Da última, explicara ela numa carta de apresentação, apenas saíra por conta de um problema de saúde, já superado.

Chegava agora, trazendo ares ainda mais modernos ao educandário e à vila: uma professora vinda da capital, vivência de cidade grande, certamente acrescentaria ao lugar mais do que simples aulas de sua matéria. E lecionava português, matéria cada vez mais importante, as meninas precisavam sabê-lo bem para seus futuros, pensou Johann. Saber o alemão ensinado em casa já não era suficiente nestes tempos em que, cada vez mais, o mundo brasileiro os cercava. Negócios, sociedade, política – era preciso falar português.

Nove e trinta. Ele buscou o longe e, próximo à curva, enxergou a fumaça barulhenta da locomotiva, enquanto a gare inteira já se alvoroçava para receber o alarido feliz e sacolejante do trem: o chefe da estação postou-se com autoridade bem à frente do passeio; os dois vendedores, desejosos de oferecer balas e caramelos a quem chegasse ou partisse; o carregador de bagagens, engalanado num uniforme marrom que lhe conferia certo ar de imponência; o mendigo de andar deformado, balançando em monocórdio a latinha na qual pedia uns níqueis a quem passasse; os viajantes, prontos a embarcarem; os que esperavam, sorrindo de espera ou saudade; e a molecada em suas calças curtas e alegria infantil, para quem a chegada do trem era sempre uma festa.

A locomotiva deu uma última resfolegada forte, como se suspirasse o alívio de haver cumprido parte de seu destino; depois apitou o que era ao mesmo tempo anúncio e saudação de chegada. Todos pareceram então ficar imóveis por um segundo, tal qual posassem juntos para a mesma fotografia, até que as portas foram se abrindo e por elas começaram a descer os chegantes, enquanto os que partiam apenas aguardavam sua vez, malas e pacotes postos ao lado em educada prontidão.

Do terceiro vagão desceu Catarina.

A professora carregava consigo apenas uma valise mediana e olhou para todos os lados, como a procurar quem a recebesse e tomar conhecimento do lugar que, a partir daquele momento, também passava a ser seu. Largou no chão a maleta, ajeitou o vestido liso e severo e tirou por um instante o chapéu, somente para acomodar a cabeleira cujas ondas o vento da viagem havia quebrado. Colocou-o novamente, como se sequer o houvesse tirado, e então apenas permaneceu parada, esperando que a acolhessem; e a Eva, que desde logo soube que aquela mulher era a nova professora, pareceu que a recém-chegada tinha todas as tranquilidades do mundo.

(É mesmo. Olhem-na enquanto aguarda: há certa majestade em seus movimentos, move-se como alguém que sabe.)

Johann aproximou-se e perguntou, apenas para certificar-se:

– Professora Catarina?

Ela sorriu e assentiu com breve movimento da cabeça. Ele então estendeu a mão à moça, apresentando-se:

– Johann Kiefer, presidente da Associação Colegial. – Depois acrescentou, também sorrindo: – Seja bem-vinda. *Willkommen*, como dizemos aqui.

A moça agradeceu com novo aceno e, sem que Johann perguntasse, comentou que havia feito boa viagem. O homem surpreendeu-se um pouco pela resposta antecipada à pergunta que logo mais faria, e então lembrou-se de apresentar a esposa, que, um passo atrás, parecia aguardar o momento de ser chamada.

– Minha esposa, Eva.

– Boas-vindas, professora Catarina – e, sem dizer mais nada, estendeu à maestra a flor que carregava com cuidados de mãe; o presente, pensou, já dizia tudo.

Catarina agradeceu, estendendo a mão a quem a presenteava, e, naquele instante, como uma espécie de flechada boa, Eva percebeu o profundo verdor de seus olhos.

– A senhora era muito aguardada por todos nós. A escola está orgulhosa de tê-la como professora. Esperamos, sinceramente, que goste daqui – as frases de Johann eram um pouco duras, o sotaque pronunciado, ensaiadas com certa solenidade atrapalhada pelo chuque-chuque do trem, subitamente reiniciado.

E, para quebrar a seriedade do breve discurso, gracejou:

– Se minha esposa a presenteia com uma rosa, colhida do jardim que é seu encanto e castelo, é porque as boas-vindas são muito verdadeiras. Eva tem um ciúme enorme de suas flores... – e sorriu para a mulher, buscando a concordância.

– Sim, eu adoro meu jardim e minhas flores. Esta é a flor de que mais gosto: a *rose du roi*.

– *Rose du roi*? Ah, a rosa do rei! É mesmo muito linda! – exclamou Catarina.

– Sim, a rosa do rei – repetiu Johann. – A senhora fala francês?

– Um pouco – respondeu a professora, enquanto acariciava suavemente as pétalas do presente recém-recebido e estendia a Johann sua valise de poucos pertences.

3

O JANTAR NA CASA DOS KIEFER

A sala de jantar tinha certa elegância escura que não surpreendeu Catarina; sabia, desde Porto Alegre, que os alemães brasileiros do Vale do Sinos tinham esse costume quase vicioso da sobriedade. Mas era compreensível: havia sido dura e trabalhosa a chegada de seus antepassados no século anterior, e ainda lhes estava presente nas preocupações a guerra que, do outro lado do oceano, acabara poucos anos atrás e deixara em prantos de destruição e fome primos e amigos distantes. Os móveis, num marrom amadeirado e uniforme, formavam um conjunto de seriedade que era quebrado, aqui e acolá, por pequenos detalhes felizes: o centro de mesa em delicada e colorida porcelana francesa, a toalha com rendas bordadas à mão e que pareciam ter saído de um ateliê especializado em perfeições, os pequenos enfeites de cadeira colocados apenas para a ocasião, os quadrinhos em alemão que pediam as bênçãos de Deus às refeições daquela casa, as flores que maravilhavam a sala e deviam ter sido colhidas a muito custo por Eva em seu jardim. Na parede principal, assinatura ilegível, estava pendurada uma tela mal pintada na qual um vaso de flores coloridas emergia de um cenário quase apagado, onde se adivinhavam uma mesa e um balcão. Era obra de um pintor porto-alegrense que havia viajado pela região vendendo seus quadros, explicou Johann. Na cristaleira – também escura e austera –, os talheres, copos e pratos usados apenas de vez em quando pareciam coadjuvantes às minúsculas estatuetas representando flores de vidro, cristal e porcelana. Pelas frestas da janela fechada entravam pequenos sopros de uma brisa veranil que, ao mesmo tempo em que diminuía um pouco aquele calor de fim de fevereiro, trazia à sala uns ressaibos perfumados do pátio em frente à casa que, num enxaimel antigo e bem elaborado, era uma das mais bonitas do lugar.

Mas Catarina, convidada para o jantar que lhe dava as boas-vindas, pouco atentou para a arquitetura e a decoração.

(Vejam como ela observa o ambiente com um olhar muito mais polido que curioso – o que, é claro, não impede que consiga bem percebê-lo).

Johann Kiefer tinha jeito e maneiras prósperas. Havia em seu semblante um pequeno e contínuo sorriso, o sorriso sereno de quem tinha os planos e projetos bem ajeitados na vida, feliz na família e nos negócios. A esposa, Eva, compartilhava o mesmo sorriso, apenas mais tímido. O filho mais novo, Thomas, era uma criança que, em suas calças curtas e risadas sem jeito, parecia apenas querer atenção. De Franz, o futuro genro do casal, Catarina pouco conseguiu saber, porque ele mal abriu a boca ou ergueu os olhos durante todo o jantar.

Mas Hannah.

A moça não falou muito, dando conta das regras de hierarquia e etiqueta que talvez regessem a casa e determinassem que a palavra e o assunto deveriam sempre pertencer ao pai e à mãe, mas quando disse algo soube como bem fazê-lo. Havia qualquer coisa em suas maneiras que dava a Catarina a certeza de que ela, caso pudesse, traria mais cores à sala e deixaria abertas à luz as janelas da casa. Suas frases eram pensadas com certa agudeza e humor e não pareciam ditas por alguém que acabara de completar dezoito anos. Tinha um sorriso confiante e em seus olhos brilhava a claridade que Catarina não conseguiu enxergar na mirada opaca de Franz; quando casassem – e o casamento estava mais ou menos próximo, foi um dos temas do jantar –, ela certamente ficaria na incômoda condição de estar à frente do noivo sem poder estar. Em alguns momentos, Catarina pareceu perceber que a jovem a observava numa espécie de segredo admirado, nem tão secreto assim; Hannah desviou o olhar vagarosamente quando a professora a mirou, como se houvesse certa intenção nessa vagareza. Houve uma hora em que apenas sorriu, com a simpatia tímida e aconselhável, quando Catarina lhe elogiou a firmeza de um comentário. Tudo em Hannah parecia tão natural e sereno que foi nela, sem que sequer percebesse, que Catarina prestou a maior atenção.

O jantar teve todas as pequenas pompas que se usam para impressionar: as melhores louças, dispostas com elegância sobre a toalha rendada; guardanapos de seda clara; um cartãozinho de boas-vindas no lugar ao centro da mesa em que Catarina foi acomodada, como espécie de honra e de forma a que pudesse emprestar atenção a quem estivesse falando sem precisar esticar o olhar; uma flor especial envolta em guardanapo diferente dos demais e colocada com esmero apenas sobre o prato da professora, de modo que não houvesse o perigo de qualquer desfolhamento ou pétala caída. E o cardápio, orgulho explicado por Eva ao longo de toda a refeição: uma sopa de cogumelos, iguaria que demandava cuidado na colheita e zelo no preparo, saladas de alface e tomate, salada de batata, arroz branco, batatas fervidas com alecrim e um lombinho de porco na geleia de ameixa.

– Nós, alemães, gostamos muito de misturar o doce com o salgado – comentou Eva, explicando o prato.

Catarina não deixou de reparar, sem se surpreender, que a anfitriã, tendo nascido no Brasil, referisse a si mesma como alemã.

– Fica muito bom.

– Deve ficar mesmo – concordou a professora.

– Na próxima vez que a senhora vier, vou preparar um marreco com purê de maçã.

– Ah, então vai existir um novo convite? – perguntou Catarina, divertida.

– Mas certamente! – apressou-se a responder Johann, em ares de chefe da casa, tomando para si as rédeas da conversa. – Um marreco de primeira qualidade, preparado com todo o capricho.

– A senhora sabe por que os alemães gostam tanto dessa mistura de doce com salgado? – perguntou Hannah, enquanto seu noivo levantava o olhar por um instante, surpresa momentânea, e depois voltava à opacidade.

– Não – respondeu Catarina, reparando como todos à mesa cuidavam com as palavras, os plurais todos bem colocados, como se o português não lhes fosse a língua cotidiana.

– Por causa do frio da Alemanha – começou a explicar a moça – é preciso estocar as comidas. Cenoura, repolho, batata – e apontou para a travessa de salada à frente. Tudo estocado. Com o que estraga mais rápido, se fazem conservas, geleias, *schmiers*, molhos, tudo para durar mais. Daí, na hora de comer, não se pode escolher muito: mistura e come o que tem.

– Não sabia disso – comentou Catarina, e complementou: – Professores sempre podem aprender mais um pouco.

– Nossa Hannah é uma moça muito inteligente – falou Johann, e no fundo de sua voz parecia se escutar que o orgulho e certo temor disputavam lugar.

– Muito inteligente mesmo – concordou Catarina, e a Hannah pareceu que a professora lhe dirigira brevíssima piscadela.

– São as leituras que o *vati* e a *muti** me proporcionam – explicou a moça, desarmando qualquer

* O pai e a mãe.

incômodo e devolvendo à professora o sorriso há instantes recebido.

O pai sorriu também; não havia como contestar aquela pequena impertinência vestida de elogio.

– Mas agora é a hora de um doce só doce – brincou a mãe. – *Apfelstrudel*! Conhece, professora?

– É um doce de maçã, se não me engano.

– É muito mais que isso – respondeu Eva, em sua vez de estar orgulhosa. – É uma delícia. Um rocambole de maçã e aquelas uvinhas, como é mesmo o nome?

– Passas – respondeu Hannah, em auxílio ao português da mãe.

– Isso, passas. Tudo numa massinha muito fina, bem leve.

– Uma obra de arte – adendou o marido, fazendo com o queixo um gesto de aprovação.

E era.

A professora repetiu a sobremesa, enchendo de loas a anfitriã, que mal disfarçava seu orgulho com um olhar de quase modéstia. Pediu a receita, mas desistiu antes que Eva começasse a descrever ingredientes e procedimentos: nunca conseguiria fazer um doce tão delicioso como aquele, e então decepcionaria a si mesma e ao seu paladar. Melhor permanecer com aquele sabor na memória, completou.

– Não seja por isso. Eu lhe mando um de presente – apressou-se a responder a dona da casa. Depois, dando um jeito de emendar assuntos, pergunta desejada desde o início: – Mas a senhora não consegue comer tudo sozinha. Ainda não casou, não é?

– Eva! Isso não é pergunta que se faça! – exclamou Johann.

Catarina riu; estava preparada para esse questionamento.

– Ainda não apareceu a pessoa certa – respondeu, apenas.

– Ah, bom. Mas uma moça bonita assim, não deve faltar pretendente...

– *Muti!* – reclamou Hannah, envergonhada com a indiscrição materna.

– Sim, sim. Mas a pessoa certa ainda vai aparecer – repetiu Catarina, um pouco constrangida.

Johann achou que o assunto precisava parar por ali.

– E agora, professora, vamos passar para a outra sala e tomar um licor – convidou ele, um pouco como convite, outro tanto para lembrar à mesa que as coisas e os temas aconteciam no tempo que o chefe da casa determinava.

Passaram então à sala contígua, tão séria quanto a anterior. Ali, no entanto, um piano Bösendorfer aberto, cujo marfim das teclas brancas quase parecia iluminar, dava certa leveza ao aposento, como se a música já estivesse pronta a tocar. Em cima do piano, havia um pequeno busto de Beethoven, disposto sobre um delicado bordado de crochê.

– Um piano! – exclamou a professora. – Quem toca?

– Hannah é quem melhor sabe tocar – respondeu Johann. – Eva também não toca mal. Eu só escuto os meus discos de goma laca no gramofone, quando posso – riu, antes de completar: – Trago os discos de Porto Alegre – e apontou, com certo orgulho disfarçado, o aparelho sobre uma mesinha de canto, ao lado do sofá.

Depois, com o mesmo orgulho, apontou para o rádio que, modernidade luzidia, dividia espaço na estante com uma pequena biblioteca, onde repousavam, novos e pouco manuseados, alguns volumes de Goethe, Rilke e Schiller.

– E às vezes também escuto música no rádio.

– Posso tocar algo neste piano tão bonito? – perguntou Catarina.

– Claro – acedeu o dono da casa. E comentou, quase divertido: – Não sabia desse talento da professora.

– A música é uma paixão minha. Não fico sem tocar. Tenho um piano que mandei trazer para cá. Deve chegar daqui a uns dias. Não é tão bom como este, mas é uma de minhas relíquias – respondeu Catarina enquanto, feliz como criança que se aproxima de seu brinquedo, acomodava-se na banqueta em frente ao instrumento.

Abriu a tampa com carinho e, após dobrar cuidadosamente a tira de feltro verde que cobria as teclas, experimentou-as com rápida suavidade. Fechou os olhos enquanto escutava o som diminuindo num suspenso confortável, e quando as notas de afinação já se haviam terminado, começou a tocar.

Tocou como se estivesse sozinha, como se ninguém mais estivesse na sala, e o fez com tanta leveza e harmonia, deslizando pelas teclas uns dedos que pareciam de ar e concedendo à música a alegria que ela precisava, que, quando terminou, as mulheres da casa aplaudiram como se fosse o final de um concerto.

(Reparem nos olhos enfeitiçados de Hannah. *Wunderschön,** exclamou ela.)

– "Odeon", do Ernesto Nazareth. Um dos maiores compositores brasileiros, na minha opinião. Pode não parecer, mas Chopin é uma das suas maiores influências.

Sem dizer mais nada, voltou-se novamente para o piano. E, outra vez de olhos fechados, começou a tocar a "Valsa Minuto", numa lindeza rápida

* Lindo.

e intensa que parecia não dar tempo à respiração da sala. Quando terminou, encarou as cinco pessoas da pequena plateia e, antes que as mulheres iniciassem nova sessão de aplausos, escutou Johann dizer, como se achasse necessário recuperar para si os rumos da noite, que ela tocava muito bem e estava cada vez mais certo de que fora correta sua decisão de contratá-la.

– Muito obrigada. Certamente vou gostar daqui – respondeu a professora.

Depois, apontando o piano como se quisesse mantê-lo na conversa, comentou:

– Chopin é um dos meus compositores preferidos. Um romântico na obra e na vida. Sabem que, quando ele morreu, seu funeral teve que esperar quase duas semanas?

– Por quê? – perguntou Hannah.

Catarina sorriu brevemente; esperava que a curiosidade partisse mesmo da moça.

– Ele havia pedido que o "Réquiem" de Mozart fosse tocado. Acontece que os principais trechos do "Réquiem" foram compostos para cantoras, mas a igreja onde o funeral aconteceria não permitia mulheres em seu coro. Depois de muitas negociações que duraram todos esses dias, a igreja finalmente aceitou, desde que as cantoras ficassem atrás de uma cortina de veludo negro.

– *Mein Gott!** – exclamou Hannah.

– E isso aconteceu há menos de um século – completou a professora, olhando para Eva, que apenas sorria acabrunhada.

– Mas é compreensível. São tradições de muito tempo – comentou Johann, sério.

– Sim, claro. É compreensível – contemporizou Catarina; não pretendia qualquer polêmica na primeira vez em que era convidada à casa de quem a contratara.

– Bebemos um licor? – sugeriu Johann.

Tomaram então um licor de jabuticaba, enquanto conversavam apenas assuntos amenos. Thomas, a quem haviam permitido ficar acordado até mais tarde, bebeu uma limonada. Quando o relógio cuco alemão bateu dez horas, a professora assustou-se, sorridente; era hora de ir, todos já deviam estar cansados.

– Vou mandar o Sebastião preparar a charrete e levá-la – disse Johann.

Depois, explicando o desnecessário:

– Ele não sabe dirigir nosso carro.

– Não é preciso, é perto – comentou Catarina.

– Não, professora, a esta hora é perigoso para uma mulher andar sozinha na rua.

---

* Meu Deus!

– Agradeço, *herr* Johann – e ela sorriu, entendendo que o que o comerciante realmente queria dizer é que não achava certo uma mulher andar sozinha na rua àquela hora.

– *Sehr gut*,* professora. Falar o alemão é muito bem considerado por aqui. Vou mandar preparar a charrete. Franz e Thomas, venham comigo – ordenou, bem-humorado. – Vamos deixar as senhoras conversarem ainda um pouco.

Quando os dois homens e o menino saíram da sala, Hannah, no impulso de seus dezoito anos, pegou nas mãos da professora, olhando com admiração aqueles dedos longos e belos.

– Nunca vi ninguém tocar tão bem – exclamou, um pouco emocionada.

Depois, parecendo reunir coragem frente à mãe e àquela desconhecida, perguntou:

– A senhora não poderia me dar umas aulas de piano?

– Hannah! Isso são modos? – protestou Eva, mais para dizer algo do que verdadeiramente incomodada.

Mas Catarina deu um sorriso largo e prazeroso, indicando à mãe que não se preocupasse:

– Claro que sim. Será uma alegria – e apertou docemente as mãos da nova aluna.

---

* Muito bom.

4

JOHANN E EVA CONVERSANDO

Eva já estava deitada, enquanto Johann terminava vagarosamente de se despir, sob a luz amarelada do abajur. A iluminação fraca e difusa dava à mulher o conforto daquela modorra que antecede o sono e, ao mesmo tempo, concedia a Johann certa privacidade de meia-luz, que servia para diminuir o embaraço que, depois de todos aqueles anos de casamento, ainda tinha em tirar a roupa em frente à esposa. Mas neste vagar com que agora vestia o casaco e as calças de pijama também havia uma inquietação sem nome; olhava de esguelha a mulher deitada, tentando perceber por seus ruídos se ela já dormia ou apenas ressonava, sempre tão macio o seu sono.

A dúvida terminou apenas quando, com cuidado e silêncio enquanto se deitava, ele aventou a coberta que, mesmo nos calores de verão, a esposa teimava em manter sobre suas noites.

– *Gute nacht, vati** – a voz dela, saída do adormecimento que chegava, era misto de carinho e cansaço.

– *Gute nacht, muti*** – ele respondeu, suspendendo a mão que já se encaminhava para desligar o abajur. E, depois de uns instantes de falsa hesitação, decidiu interromper a madorna em que se instalava a mulher. Apoiou os cotovelos no travesseiro e perguntou a Eva o que ela havia achado da nova professora.

A esposa permaneceu de olhos fechados, enquanto pensava numa resposta que não alongasse demais a conversa e lhe permitisse voltar logo ao quase sono.

– Gostei dela. Fala francês, toca piano e gosta de rosas. Só não gostei do vestido cinza.

Johann riu – a mulher tinha esse senso de humor que reservava apenas aos momentos em que estavam a sós, e que ainda agora surpreendiam o marido. Mas não era sobre flores ou habilidades da

---

* Boa noite, pai.

** Boa noite, mãe.

professora que ele pretendia falar – e também por isso, decidiu não comentar a gafe da esposa sobre a solteirice de Catarina. Era sobre outra coisa – e o incomodava não saber com certeza o que essa coisa era.

– Também acho que gostei. É muito inteligente, ela. Fala sobre todos os assuntos, até de política.

– Sim – contestou Eva. – E usava umas palavras que eu nem conhecia.

– Nem eu – admitiu Johann.

O marido permaneceu uns segundos parado, mirando a luz amarelada sob a pantalha, e a esposa soube que em seu silêncio havia certa preocupação desconhecida. Talvez ela própria soubesse de onde vinha essa inquietude, mas o sono e o licor de ainda há pouco preferiam que a conversa acontecesse em outra hora. "Na manhã seguinte seria ótimo", pensou ela. Johann permaneceu olhando para o abajur – depois de anos ainda se maravilhava com aquele progresso a um toque dos dedos –, como se buscasse naquela luz cálida a resposta as suas dúvidas, mas depois decidiu compartilhá-las com a sonolenta companheira que ressonava suavemente ao seu lado.

– Será que ela não é inteligente demais?

– Como assim? – Eva abriu os olhos, surpresa.

– Fico pensando se toda essa inteligência não pode incomodar um pouco – e ele parou, indeciso por instantes. – Não se pode esquecer que ela vai dar aula para as moças. Será que ela não vai trazer informação demais para as nossas meninas? Política, costumes, atualidade. E é uma mulher solteira! Essa independência, não sei...

Eva, agora inteiramente desperta, seguia olhando o marido, sem nada dizer; talvez buscasse a melhor resposta. Até que, na expectativa silenciosa de Johann, entendeu que ele agora pedia e precisava de sua cumplicidade e apoio.

– Acho que não – disse ela, por fim. – É uma moça boa, e inteligência nunca faz mal. Quanto mais, melhor. Não acho que é um perigo. Ela ser solteira é um pouco estranho, sim. Mas são as modernidades... – e ela parou, sem saber ao certo como continuar.

Mas não era preciso: Johann olhou a esposa com um sorriso em que se misturavam alívio e agradecimento.

– Pois é. Também acho que não. Só fiquei preocupado. Os mais antiquados podem se incomodar um pouco. Pior que isso: podem querer incomodar a mim. Isso não é bom para a vila e nem para a escola. E também não é bom para os meus negócios – confessou.

– Ah, dos negócios eu não entendo. É assunto para os homens – comentou a mulher.

– *Ja, ja** – ele respondeu. – Comentei por comentar. Tem assunto que é mesmo só para os homens – e depois, como se falasse consigo mesmo: – Tomara que a professora saiba disso.

---

* Sim, sim.

5

HANNAH E O NOIVO CONVERSANDO NA PRAÇA

Hannah e Franz estavam sentados num dos bancos da praça central, próximos ao coreto onde, às tardinhas dos finais de semana, um grupo de esforçados amadores enchia as cercanias de valsas e polcas saudosas. Mas agora, na tarde quente de sexta-feira, não se escutava nenhum som de flauta ou violino naquele lugar em que as pessoas pareciam prezar o trabalho antes de tudo; só o que se ouvia eram os barulhos urbanos que, a cada dia, mais e mais pareciam vestir a vila com cores de metrópole e progresso. Os ruídos dos automóveis e das charretes, das lojas e dos vendedores de rua, o burburinho das gentes passando, uma ou outra risada de criança; tudo ao redor. A um lado, a igreja católica; do outro, a igreja luterana, como se as duas construções se observassem com olhares mútuos e competissem todas as semanas para ver quem levava mais fiéis aos seus sermões dominicais, as cruzes num confronto mudo, a deidade una e a santíssima trindade disputando as almas e a praça. Às seis da tarde, o badalar dos sinos assustava os pássaros diários e lembrava às seriedades da vila que era a hora de começar a se recolher e descansar para os trabalhos do dia seguinte.

Hannah olhou o relógio da igreja evangélica, cujos ponteiros pareciam refulgir um pouco ao sol, e percebeu que ainda não eram quatro horas. Havia, sim, tempo suficiente para que tratassem dos preparativos do noivado, assunto cuja urgência parecia atormentar mais o noivo do que ela. Mas antes queria conversar um pouco sobre a nova professora.

Saltou o olhar do relógio para o coreto e assim permaneceu por alguns segundos, num silêncio intranquilo, como se ainda se decidisse a falar, mas sabendo que não conseguiria fazê-lo se estivesse encarando os olhos dóceis e obedientes do noivo. Não porque Franz fosse discordar do que Hannah pensava – a moça sabia que seria assim –, mas sim pela certeza de que ele não saberia a razão da discordância. Franz era um rapaz bom, mas raso e plano, mais destinado a obedecer do que a mandar, e era em seus passos frágeis que repousavam com perigo os dias futuros do próspero matadouro e charcutaria do pai: quando lhe fosse necessário dar ordens, provavelmente a voz sumiria.

A chegada de um vira-lata preto e branco que sempre estava pela praça teve a força de socorrer a moça. Hannah olhou para o cachorro enquanto acariciava o seu lombo; estava ali a desculpa carinhosa para não encarar o noivo.

– Que tal a nova professora? – questionou ela, com olhos que, mesmo de soslaio, perceberam algum desagrado do noivo – e este desagrado, ela sabia, não era pela presença do cão.

Por isso, antes que ele conseguisse dizer algo, Hannah respondeu à própria pergunta.

– Gostei dela. É inteligente. Sabe dizer as coisas sem ser pedante. Todos os assuntos que o pai falava, até das coisas da Alemanha, da Europa, ela sabia. Umas coisas que nós nem sonhamos que uma mulher pode saber, ela sabe. Eu acho que o pai falava aquilo – da guerra, da política, do Borges de Medeiros – só para ver se ela sabia o que dizer, e ela sempre sabia. Eu não entendi uma parte das conversas, mas fiquei admirada como ela é assim tão inteligente e bem-informada sobre o que acontece no mundo. E nós aqui – fez um gesto largo com os dois braços, abarcando a praça, as igrejas, a rua, as gentes, o movimento, o riacho ao longe – conhecendo tão pouco do resto. Tão pouco, tão pouco, e acho que devíamos querer tão mais... – e então olhou diretamente para o noivo. – Será que teremos isso no casamento, Franz? Teremos mais?

O moço encarou a noiva com certo ar de susto e como se aquela pergunta não tivesse resposta. Então olhou o céu, suspirou e respondeu sem responder:

– Quem sabe!

– Nós. Nós precisamos saber – disse Hannah, serena e quase espantada com aquela desconhecida firmeza.

– Sim, sim. Mas são coisas para se pensar no futuro – acedeu Franz, mais para colocar um final às inquietações da noiva e sair daquele assunto que, de alguma maneira desconhecida, o incomodava.

– Quando? – ela perguntou.

– No futuro – ele repetiu. – Mas agora é a hora de pensar no nosso noivado. E no casamento.

– *Ja, ja* – condescendeu Hannah. – Vamos falar sobre isso. Mas não me respondeste ainda o que achaste da professora.

Franz pensou uns segundos no que dizer. Quando o fez, seguiu mirando certa distância imaginária, a fim de que Hannah não percebesse que, a par da frase curta, a desaprovação estava em seus olhos.

– Achei que ela é uma mulher muito moderna.

– Moderna! – repetiu Hannah.

Depois, com um sorriso que tinha certo fulgor de descobrimento:

– Acho que também sou uma mulher moderna.

6

HANNAH VISITA CATARINA

(Percebam o quase invisível tremor nas mãos de Hannah.)

O sorriso de Catarina tinha um quê de surpresa feliz quando, ao abrir a porta de casa, encontrou a futura aluna de piano parada à soleira, ar de quem acabara de vencer uma disputa.

– Bom dia, Hannah! – e depois, súbita dúvida: – Hannah, é isso mesmo?

– Sim – respondeu a garota, envaidecida com a memória da professora.

E mais não disse: permaneceu parada, talvez esperando o convite para entrar.

– Entra, entra – convidou Catarina, depois de uns poucos segundos em que se olharam sem falar nada, uma esperando que a outra dissesse a primeira palavra.

Hannah entrou, pedindo licença, e logo percebeu o quão pequenos eram os aposentos da casinha que a associação destinara à professora: da sala em que acabara de colocar os pés se podia enxergar todas as outras peças – a cozinha, o banheirinho e o quarto, cuja porta Catarina correu a fechar, envergonhada talvez por alguma cama desarrumada. Não devia ser isso, pensou Hannah: a professora parecia tão organizada. Na sala ensolarada pelas janelas abertas, os poucos móveis davam ao ambiente um ar ao mesmo tempo estoico e confortável – não parecia haver ali nada além do necessário. Tudo em seu lugar. Inclusive o piano, que chegara há poucos dias e tomava conta da parede ao fundo, encimado por uma gravura na qual um Cristo de olhos azuis abençoava amorosamente uma família em contrição. Além da gravura, que pertencia à casa, não havia qualquer outro enfeite na sala. Da cozinha, logo ao lado, vinha um cheiro bom de doce de goiaba.

– Fiz um chá de camomila agora há pouco – falou Catarina. – Me acompanhas numa xícara?

Hannah estranhou um pouco aqueles modos tão pouco solenes da professora, mas gostou disso. E mais ainda quando Catarina, divertida, disse-lhe que poderia largar a flor em algum lugar, se quisesse.

– Desculpa! – riu Hannah. – Nem percebi que ainda estava com ela.

E depois, estendendo a rosa:

– Trouxe de presente para comemorar as aulas de piano. Minha mãe diz que são as mais raras que existem no jardim.

Catarina pegou com cuidado a flor que a aluna lhe estendia e a admirou em silêncio por instantes, parecendo examinar as cores, a tessitura aveludada das pétalas, descobrindo com a ponta dos dedos a agulha dos espinhos. Então, abrindo um sorriso que iluminava ainda mais a sala, disse que era muito linda aquela rosa tão rara e que estava verdadeiramente emocionada com o presente. Depois, foi à cozinha, de onde voltou com a flor caprichosamente enfiada num *solifleur* cheio de água. Parou um momento, como se estivesse a decidir onde colocar a rosa, e então depositou-a com cuidado sobre o piano.

– Já que esta rosa veio para celebrar as aulas de piano, ela deve ficar junto a ele... – e sorriu novamente. – Mas ainda não é possível começarmos as aulas. Na viagem de Porto Alegre para cá, ele ficou desafinado e é preciso afiná-lo. O sistema é complicado, precisa vir um afinador lá de Porto Alegre para que eu possa usá-lo de novo. É uma dupla obra de arte: a música e a afinação. Ainda vai demorar um tempo.

– Sim, imaginei. É preciso combinar os dias, horários, o preço. E isso tem que ser com o *vati* – concordou Hannah. – Mas eu vim porque... – e travou-se um instante, como a pensar se teria mesmo alguma razão. – Na verdade, nem eu mesma sei bem por que vim! – e riu, enquanto percebia com certo incômodo desconhecido o fulgor esverdeado dos olhos da professora.

Catarina riu também, uma risada poderosa e viva ("seria essa risada a assustar seus pretendentes?", perguntou-se Hannah), depois adendou:

– Nem sempre as coisas precisam ter motivo.

Permaneceram sem falar por uns instantes, talvez pensando ambas em algum significado oculto daquela frase, até que Catarina rompeu o silêncio com um gesto de acolhida.

– Mas que falta de educação, a minha! Deixando a visita de pé! – e, apontando uma poltroninha amarela que ficava ao lado do abajur e certamente era usada nas sessões de leitura da professora: – Senta, vou trazer o chá.

Quando Catarina voltou, carregando uma bandejinha de louça em que repousavam duas xícaras de chá, o açucareiro de louça pintada e um prato com biscoitos doces de polvilho, Hannah parecia observar com pouca curiosidade a quase inexistente decoração da pequena sala. Então apontou com o queixo a flor em cima do piano e disse:

– Minha mãe não pode saber que colhi esta rosa. Ela me mata se souber! – e riu.

Catarina olhou a futura aluna enquanto lhe alcançava a xícara de chá e, no início, pareceu não entender. Depois, enquanto pegava a própria taça e se acomodava na cadeira ao lado, lembrou o quanto os segredos já a haviam machucado. Mesmo assim, respondeu, tranquila:

– Pode deixar. Esse vai ser um segredo entre nós.

7

CATARINA SE PREPARA PARA A PRIMEIRA AULA

Em frente à casa em que a associação a havia instalado, Catarina conseguia enxergar, na parte mais alta e verde da vila, a escola que, de hoje em diante, seria o seu presente. Nos dias anteriores, percorrera três vezes aquele caminho para se ambientar e enxergar a nova paisagem de sua vida, mas também para saber o tempo necessário à caminhada; a professora não poderia se atrasar. Ainda que tivesse parado de tempos em tempos, olhando as vitrines da rua principal, reparando na beleza simples e espalhada das construções, sentindo o ar verde da praça, parando uns segundos para mirar o interior do café onde apenas homens entravam ou para contemplar a claridade quase transparente do pequeno rio que corria entre as pedras e sob a ponte que unia a parte baixa e a alta do lugar, Catarina sempre percorrera o caminho com passos bem resolutos, marcando o tempo de sua casa à escola.

Mas hoje, no primeiro dia de aula, o andar era diferente. Era uma caminhada sem olhar para os lados, sem prestar atenção às vitrines ou à praça, sem qualquer parada sobre a ponte, apenas cumprimentando rapidamente as pessoas que, obsequiosas, saudavam a professora recém-chegada. Uma caminhada séria, na qual o olhar de Catarina se dirigia apenas ao trabalho, àquela nova chance que lhe aparecera à vida.

Vestida com a mesma sobriedade de sempre, saiu de casa dez minutos antes do horário que propusera a si mesma, um pouco para que não tivesse qualquer chance de se atrasar, outro tanto porque a excitação do primeiro dia lhe impedia maiores esperas – queria dar aula, tinha tanta saudade disso. Tomou o cuidado de não andar depressa demais, naquela manhã que se anunciava quente, para que não chegasse afogueada na escola no primeiro dia e abrisse às alunas a possibilidade da má impressão.

Quando chegou em frente ao educandário, Catarina parou por uns segundos. Olhou para aquela que de agora em diante seria a casa onde estaria quase tanto como em sua própria casa, e sorriu.

Naquele instante, enquanto o sol da manhã enfeitava todas as cores, pareceu a ela que se apagava parte do passado. "Tudo novo", pensou Catarina, "tudo novo. Vou gostar de dar aula aqui" – e olhou também para a parte baixa da vila, como se aquele "aqui" significasse todo o lugar. Reparou nas meninas que, do pátio, a olhavam com certa expectativa alegre e curiosa, e sorriu rapidamente para elas. Com a mão direita, fez um discreto sinal da cruz, para se sentir protegida nesse destino leve que agora se iniciava.

E então entrou na escola.

(Olhem a firmeza do seu passo.)

8

AS CONVERSAS NO CAFÉ DA CIDADE

Os homens gostavam do nome do Café da Cidade. Ainda que o lugar não fosse mais que uma vila, os ares claros do progresso pareciam estar onde se olhasse: luz elétrica nas moradias do centro, os rádios vistosos nas salas mais abastadas, automóveis que não se contavam nos dedos das mãos, as variadas casas de comércio e os apitos das fábricas, a imponência sóbria de algumas construções, o telefone na estação do trem, as ruas centrais calçadas. A vila seria cidade em breve, confiavam; por isso, o nome do café parecia visionário, como se fosse o prenúncio de dias próximos.

Na esquina principal, bem próximo à praça, o café não era muito grande; em suas mesas se reuniam os homens depois do trabalho, a falar de novidades, de política ou negócios, a beber um café ou um *schnaps*,* petiscando os pastéis de carne ou os *rollmops*,** para chegar em casa com o apetite aberto para o jantar. Atrás do balcão, a enorme prateleira de madeira e vidro, na qual se acomodavam centenas de garrafas coloridas, parecia ser, mesmo que os frequentadores não percebessem, uma espécie de orgulho do lugar.

Johann Kiefer estava sentado próximo à janela, tomando sua taça de café preto e fumando um charuto que lhe reforçava os ares de grande comerciante. Não estava sozinho; dividia a mesa com outros três integrantes da diretoria da Associação Colegial.

Falavam sobre a nova professora.

(Escutem: há algo de cauteloso em suas falas; talvez porque considerem estranho conversar sobre a professora da escola de meninas – esse assunto tão feminino. Mas não é o tema em si que lhes chama a atenção: é a própria Catarina.)

– As moças dizem que é uma mulher muito inteligente, cheia de ideias. Acho que estamos precisando disso – comentou o alfaiate Felipe Kessler, que tinha duas filhas na escola e se considerava um livre-pensador.

---

* Bebida alcoólica destilada.

** Conserva de peixe.

– Sim, ela é mesmo – confirmou Johann.

– Bom para as gurias – retornou Felipe.

Johann sorriu: precisava das aprovações; havia contratado aquela professora de Porto Alegre um pouco por sua conta e risco, e a verdade é que, sem que muito percebesse e menos ainda confessasse, a inteligência e independência da mulher lhe causavam certo medo. Assim, que outros compartilhassem o acerto dessa ideia, a fim de fortalecê-la nele mesmo.

– Não sei – contrapôs Hugo Griebler, expressão contrafeita no rosto duro. – Não sei se é bom botar muitas ideias nas cabeças delas. Pode ser meio perigoso, pode tirar as gurias dum caminho mais certo, mais equilibrado. Uma vida caseira, um bom casamento...

– *Nein, nein*, isso não! – contestou Johann, sabendo que aquele comentário tinha intenções maiores: pai de Franz e futuro sogro de Hannah, sempre se percebia em Griebler um olhar de discreta desaprovação aos modos independentes da moça. – Faz quase trinta anos que saímos do século XIX e o mundo inteiro está se modernizando. É preciso ter olhos para o futuro. Nossas meninas não podem ficar para trás.

– *Ja, ja*, eu concordo. Mas isso só pode ir até certo ponto, não se pode querer ir longe demais.

Não se pode perder de vista onde fica o lugar do homem e onde fica o lugar da mulher – depois, contemporizando: – Mas falo isso um pouco só por falar. Nem sei como é a professora. Me disseram que é bem brasileira, ela.

– Sim, bem brasileira. Morena, cabelo bem preto – explicou Johann.

– É solteira?

– *Ja*. Até onde eu saiba, sim – e Johann riu do próprio comentário.

Mas nem todos os outros riram; havia algo de intrigante naquela solteirice.

9

CATARINA E HANNAH COMBINAM AS AULAS DE PIANO

Quando chegou à casa de Catarina, Hannah ainda sentia certa timidez, mas não tinha dúvidas da vontade de estar ali. Quando a professora abriu a porta, estendeu-lhe logo a rosa roubada, um pouco como urgência e outro tanto para que nenhum olhar de fora conseguisse divisar a flor que tão secretamente trouxera pelo caminho.

– Boa tarde, professora! – cumprimentou ela, enquanto entrava sem perceber que ainda nem tinha sido convidada.

– Boa tarde, Hannah – e Catarina sorriu àquela ousadia juvenil da futura aluna; a visita a surpreendia bem menos que a anterior, talvez já a esperasse.

Ficaram uns poucos segundos em silêncio, a professora aguardando que Hannah anunciasse a razão da visita, a moça subitamente envergonhada por seu rude atrevimento.

– Trouxe mais uma rosa de presente para a senhora – disse ela finalmente, apontando a flor nas mãos da professora.

– Sim, percebi – e Catarina riu, tranquila. – Já vou colocar no vaso.

Hannah percebeu que o vasinho de flores não estava mais sobre o piano. Catarina apontou para a tampa do instrumento e explicou, como se achasse necessário:

– Coloquei o vaso no meu quarto. Fui egoísta – brincou. – É um presente muito bonito para ficar à vista de qualquer pessoa. Como aquela rosa é um segredo nosso, achei melhor deixá-la mais escondida, na minha intimidade.

Intimidade. A palavra soou como uma espécie de aceno a Hannah, que não soube direito o que fazer com ela. Apenas sorriu e permaneceu parada no meio da sala, um pouco desarmada pela naturalidade com que a professora dizia aquilo. Uma mulher moderna mesmo.

– Até porque o seu pai esteve aqui e acertamos o preço para as aulas. Uma aula por semana. Já pensou se ele visse a flor em cima do piano?

Hannah tinha certeza de que o pai não perceberia nada; ainda assim, agradeceu a prudência da professora.

– Eu sei, ele me disse. Quando podemos começar?

– Quando quiseres. O piano já está afinado.

– Finalmente! – exclamou Hannah. – Então pode ser na próxima semana mesmo!

– Terça-feira, às quatro horas? – perguntou Catarina.

– Fica ótimo.

A professora estendeu o braço em direção à poltroninha amarela, indicando a Hannah que sentasse.

– Vou fazer um chá e comemoramos o início das aulas – disse ela, enquanto a aluna se acomodava e comentava que só poderia ficar um pouco.

– Combinei de encontrar com o Franz na praça. Franz, o meu noivo – e pareceu a Catarina que Hannah baixara a voz ao pronunciar a última palavra, como se não quisesse dizê-la.

A professora trouxe o chá em minutos, mais uma bandejinha na qual dispusera biscoitos de polvilho e umas fatias finas de bolo. Serviu o chá, colocou a bandeja sobre a mesinha ao lado da poltrona, sentou-se na banqueta do piano e apenas sorriu, num olhar demorado e quente, que parecia preencher qualquer falta de palavras.

Foi Hannah quem, um pouco sem jeito, rompeu a mudez que se instalara com suavidade naquela salinha.

– A sala já está mais decorada – comentou ela, apontando um quadrinho na parede e uma renda disposta sobre o braço da poltrona.

– Comecei a colocar um pouquinho das minhas coisas, deixar o lugar mais bonito.

Já estava bonito, pensou Hannah, sem se dar conta. Depois elogiou:

– Muito bom este chá.

– Feito com carinho – brincou Catarina, e ambas riram.

As duas conversaram por longo tempo, cada uma contando um pouco de suas histórias, descobrindo algo da vida da outra e adivinhando outro tanto, concluindo sem surpresa o quanto estavam ambas à vontade, como se há séculos se conhecessem. Repetiram as xícaras de chá sem sequer perceberem que já estava frio, comeram todos os biscoitos e deixaram na bandeja apenas duas fatias de bolo. Até que Hannah olhou para a janela meio aberta e percebeu que nela não se refletia mais a claridade plena do sol.

– Que horas são?

Catarina foi até o quarto, onde o tique-taque do relógio cuco lhe acompanhava os sonos e as insônias, e voltou dizendo que eram cinco e dez.

– *Mein Gott!* – exclamou Hannah. – Combinei de encontrar com o Franz às cinco! Preciso ir! Vou ter que inventar uma desculpa! – e levantou-se, pressa sem vontade. – A conversa estava tão boa que nem vi o tempo passar!

– Tem horas que a gente não precisa pensar no tempo – disse Catarina, enquanto abria a porta; Hannah gostou da amplitude daquele comentário: era como se nele coubessem tantas significâncias.

– Então... até a aula, professora – despediu-se Hannah, já na soleira da casa.

A professora lhe tocou de leve a mão, um pouco à guisa de despedida, e pediu:

– Catarina. Na escola, me chamas de professora. Aqui em casa, podes me chamar de Catarina.

10

NA ESCOLA, NUMA DAS PRIMEIRAS AULAS

A cada vez que entrava na sala de aula, na bem montada escola de moças instalada no topo do morro mais alto da vila e de onde se enxergava todo o seu casario central, Catarina não deixava de notar, ainda que não se surpreendesse, a fileira comportada de cabeleiras quase totalmente loiras sentadas nos bancos escolares. Eram catorze garotas, todas elas bem-nascidas e que, frequentando aquelas aulas, preparavam seus sólidos e tranquilos futuros para, quem sabe, daqui a alguns anos, substituírem como professoras a própria Catarina.

Ainda que fosse um orgulho, a escola era pequena. Tinha sido criada há menos de vinte anos, no final da primeira década do século, como para marcar desde logo a modernidade que os incipientes capitalistas locais desejavam imprimir ao lugar. Um comerciante havia cedido o terreno, um pouco para que a vida da vila se estendesse e alargasse naquela direção, mas também para que valorizassem os outros terrenos que ainda lhe pertenciam, e alguns outros próceros tinham, uns mais e outros menos, contribuído para a construção, alcançando tijolos, tintas, telhas, aberturas, equipamentos e móveis necessários. Desde o início, eram poucas salas, mas existia o espaço ao redor para que o prédio fosse ampliado tão logo o alunato começasse também a se ampliar – o que, por alguma razão desconhecida e para secreto desgosto dos empresários, acontecia numa proporção menor que a esperada. Em algum momento, alguém tivera a ideia de transformar aquela frustração em vantagem, pondo no ar a ideia de que uma escola com poucas alunas tinha a possibilidade de oferecer a todas uma educação mais eficiente e dedicada.

Por isso, anos depois, Catarina. A moderna professora de Porto Alegre, que lecionara nas escolas da capital.

Vestida de cinza, como de costume, a professora entrou na sala de aula e cessaram na mesma hora os burburinhos risonhos das alunas; todas levantaram e permaneceram eretas, como se estivessem em posição de sentido. Havia algo em Catarina que não gostava desse silêncio imediato, essa seriedade súbita que significava ao mesmo tempo respeito e distância. Ela então colocou sobre a mesa os livros que carregava e disse às moças que podiam sentar.

Alguém havia deixado sobre a escrivaninha da professora duas maçãs pequenas, quase úmidas de orvalho, certamente colhidas naquela mesma manhã. Sorrindo, Catarina perguntou quem tinha trazido aquele mimo, e do fundo da sala levantou-se um braço resoluto.

– Do quintal da minha casa, *lehrer** – a voz de Mathilda Gehlen tinha sempre em si uma alegria.

– *Danke*,** Mathilda. Um ponto a mais na média – brincou Catarina.

As meninas todas riram, Mathilda mais ainda, enquanto a professora, ainda de pé, buscava nos livros a matéria a ser dada naquela aula. Depois, entretanto, Catarina sentou-se reflexiva, enquanto examinava sem perceber a sala e as alunas, pensando inclusive em seus diferentes níveis de sotaque, e quem a conhecesse bem saberia que lutava com certa dúvida dentro de si. Olhou pela janela e ainda

---

* Professor(a).

** Obrigado(a).

outra vez se surpreendeu com a beleza simples da arquitetura do lugar, as duas igrejas se confrontando quase fraternalmente, a praça sempre bem cuidada, o bulício crescente das ruas centrais, o riacho cantante, até a casinha em que estava morando, tão pequena mas também tão graciosa. Havia uma espécie de capricho geral na vila.

Na sala de aula, o cuidado também estava presente. As paredes, nas quais estavam dependurados a lousa, alguns mapas e o retrato bondoso de Jesus Cristo, eram divididas em duas cores: a parte de cima era branca, limpa como se acabasse de ter sido caiada, e a parte de baixo estava pintada de um bege quase escuro. Entre as duas cores, certa mão caprichosa de artista desenhara um arabesco colorido que serpenteava ao redor de toda a sala. Ainda que o sol entrasse generoso pelos três janelões, um lustre com oito lâmpadas elétricas garantia a certeza de aulas nos dias de pouca luz. Ao fundo, havia um armário onde as alunas deixavam seus pertences, e a Catarina era surpreendente que nele e nas carteiras duplas de madeira, onde todas sentavam em pares determinados pela professora, não houvesse nenhum rabisco, qualquer riscado. O mesmo acontecia com os uniformes: as meninas todas pareciam cuidar, como se fossem vestidos de festa, das suas saias claras e das blusas brancas em que se enxergavam, bordados, o nome e o símbolo da escola.

O silêncio de Catarina durou quase um minuto, tempo suficiente para intrigar as alunas, que começaram a se olhar, sem saber direito o que fazer. Até que Catarina decidiu:

– Antes de entrar na matéria de hoje, quero fazer uma pergunta. Sempre que passo na frente do Café da Cidade, que acho que todas vocês conhecem, só vejo homens lá dentro. – As meninas riram, os risos meio nervosos, ainda meio adolescentes. – Então me respondam, se souberem: existe alguma regra que proíba uma mulher de entrar lá?

As alunas aumentaram os risinhos; talvez uma ou outra fizesse também a si mesma essa questão.

– Não, professora. Não tem nenhuma regra proibindo uma mulher de entrar no café – respondeu uma moça mais para miúda, o rosto fino, e de quem Catarina ainda não havia decorado o nome – tantos nomes em alemão, tantos sobrenomes.

– E então por que nenhuma mulher vai lá? – prosseguiu Catarina.

– É um lugar de homem, professora! – respondeu Ingrid von Schmiedel, que se orgulhava demais daquela preposição de nobreza e fazia questão de que nunca lhe abreviassem o nome.

Uma menina bem pedante, pensava Catarina, aluna que desde o início parecia olhar com certo desdém os cabelos negros da professora.

– Mas por que é um lugar de homem? – a professora insistiu; era importante colocar nas meninas alguma sementinha de questionamento.

– Eu é que não quero ir no mesmo lugar que o meu pai vai! – comentou rindo Elisabetha, filha do oleiro que havia doado as telhas à construção da escola, e todas as outras também riram.

– Sim, claro – contemporizou a mestra. – Mas além de ser um lugar de homem e vocês não quererem ir aonde os pais vão (as meninas riram novamente, e olhem: há alguma independência nesse riso), existe alguma outra razão para as mulheres não entrarem no Café da Cidade?

– É um lugar de homem – repetiu Ingrid, petulante e taxativa. –Não precisa outra razão.

Catarina mirou a aluna com uma severidade breve, mas achou que não deveria ir muito adiante; ainda que a vila alardeasse seus orgulhos de modernidade, a verdade é que a distância até Porto Alegre não se media apenas pelas poucas dezenas de quilômetros. Era bem maior, e a cada dia a professora mais e mais se dava conta disso; precisava se adequar aos ditames do lugar.

– Certo – disse ela, apenas.

Mas tinha a certeza de que a pergunta passaria a fazer parte dos assuntos das alunas, muito mais entre elas mesmas do que em casa – o que tranquilizava a professora: muito cedo para qualquer comentário mais perigoso, por menor que fosse. Daqui a um tempo talvez voltasse ao assunto.

11

A PROFESSORA NO CAFÉ DA CIDADE

Houve um silêncio espesso e surpreso quando a professora Catarina entrou no Café da Cidade. Eram ainda três e meia da tarde, razão pela qual o lugar não estava muito cheio; poucas mesas ocupadas, e em todas foi possível perceber o estupor mudo por conta daquilo que, por mais que fosse apenas a entrada de uma pessoa, mais se assemelhava a uma invasão.

(Percebam o olhar de disfarçada surpresa do garçom, que – provavelmente – precisará atendê-la.)

Catarina estava acostumada a receber esse tipo de olhar reprovador nas vezes em que, vencendo certo medo, se aventurara sozinha em algum café porto-alegrense. Houve ocasiões em que a mudez do lugar não bastara: num estabelecimento, com certa gentileza dura, o garçom pedira que se retirasse para não causar tumulto; em outro, um cliente mais exaltado a xingara, dizendo que lugar de mulher era em casa e chamando-a de vagabunda e outros nomes que a professora fizera questão de logo esquecer.

Mas agora, nesta nova vida e neste novo lugar, o cuidado talvez tivesse que ser ainda maior, percebeu ela no momento seguinte ao que entrou: em Porto Alegre, o falatório se encerrava pouco depois que saísse e no dia seguinte já pouco lembrariam dela em qualquer café, mas neste pequeno lugarejo que apenas se dava ares de cidade grande ela poderia ser assunto por um tempo bem mais longo, talvez perigoso.

Só que não dava mais para sair ou se arrepender, pensou ela, enquanto cumprimentava com cortesia os olhares silenciosos. Até que o proprietário do café lhe devolveu o cumprimento, e os demais, então, resolveram fazer o mesmo; talvez daí em diante transformassem o espanto em curiosidade.

Escolheu uma mesa mais ao fundo, distante das janelas de onde qualquer passante da rua poderia vê-la e próxima à prateleira de madeira e vidro cujo colorido dos espelhos e das garrafas emprestava à parte do café um brilho de arco-íris nos dias mais claros. Sentou-se e admirou por uns segundos o mármore escuro e bem cuidado das mesinhas, enquanto aguardava que o garçom, ainda um pouco atônito com aquela presença insólita, se decidisse a servi-la. O homem, na verdade, só o fez quando, após olhar com ares de interrogação espantada o patrão, recebeu dele um sinal breve de aprovação. Então dirigiu-se à mesa em que estava sentada a professora, já sabendo que mais adiante teria que aguentar os comentários jocosos da clientela que, mesmo disfarçando um pouco, ainda emprestava à cena e suas personagens toda a atenção. Falavam algo entre si, assuntos gerais, mas os olhos estavam todos nos passos do garçom em direção à mesa de Catarina.

Ela percebeu isso e decidiu não abusar; não queria que aquela entrada no café, decidida sem muito pensar enquanto passava mesmo pela frente do estabelecimento, tivesse o jeito de uma afronta. Abriu então um sorriso de simpatia ao moço que lhe estendia o cardápio e disse que apenas tomaria um café com leite e provaria o petisco do qual todos falavam maravilhas.

– Um *rollmops* – pediu a professora, e foi a vez de o garçom abrir seu sorriso.

– E uma fatia de pão de milho? – perguntou ele.

– E uma fatia de pão de milho, claro – era a única resposta possível.

– Muito bom, professora. A senhora vai gostar – e voltou ao balcão, repetindo o pedido sem que houvesse qualquer necessidade, porque todo o café escutara disfarçada e atentamente o breve diálogo.

Enquanto servia o *rollmops* num pratinho de louça branca, o proprietário do lugar cumprimentou novamente a cliente com um olhar, como se aprovasse o pedido. Depois, em gestos que se repetiam há anos, serviu o café e o leite também numa xícara branca, estendendo-a ao garçom. Este colocou o pratinho e a xícara numa bandeja e pegou no balcão um novo prato, onde depositou a fatia de pão; por fim, buscou os talheres e o açucareiro, em que estava orgulhosamente estampado o nome do Café da Cidade, levando tudo à mesa onde, fingindo ainda admirar o mármore, Catarina aguardava.

Ninguém mais pediu nada nesse intervalo.

A professora olhou para aquele filezinho fino e cru de sardinha enrolado e preso por um palito de madeira a uma fatia grossa de pepino verde, ambos mantidos há semanas num vidro grande de conserva em que se misturavam água, vinagre, sal, umas pitadinhas de açúcar, pimenta e cebolas, e naquele instante considerou que talvez o seu paladar não fosse se acostumar tão cedo àquele tipo meio rude de acepipe. Mas estava ali o rolinho, limpo e até bonito, e a generosa fatia de pão que o acompanhava certamente facilitaria a tarefa de Catarina. Ela se serviu de duas colheres tímidas de açúcar e mexeu lentamente o líquido, enquanto novamente percebia o silêncio expectante que parecia cobrir o lugar.

Após provar o café e perceber que estava ao seu gosto, a professora resolveu experimentar o rolinho de peixe. Não sabia direito como devia comê-lo, mas achou que perguntar seria ao mesmo tempo provocação e derrota; então muniu-se do guardanapo e, cuidando para não espargir alguma gota em seu vestido cinza, deu na sardinha uma primeira dentada. Foi pequena, quase cuidadosa, mas o suficiente para Catarina perceber que seu temor tinha sido desnecessário. O gosto era bom – agre, forte, mas bom. Mordeu um pedaço da fatia de pão e naquele momento percebeu o que parecia ser um pequeno movimento coletivo de aprovação. Então, pela primeira vez desde que tomara a decisão e entrara no Café, Catarina relaxou.

– Gostou, *fräulein lehrer*?* – perguntou o proprietário, com certo ar irônico.

– *Ja, herr*... comerciante – devolveu Catarina, sorrindo e se desculpando por não conseguir completar em alemão a resposta. – Tem um gosto forte, mas é bem bom.

---

* Senhorita professora.

O homem apenas riu e voltou aos seus afazeres. Catarina tomou um gole do café, que soube a um certo sabor acerbo, e, olhando outra vez o entorno tão inexplicavelmente masculino, perguntou-se o que a fizera entrar ali.

Estava certa de que as mulheres deviam, sim, ir paulatinamente ocupando os espaços que, por leis escritas e também por leis invisíveis, lhes eram proibidos – o voto, os trabalhos, os nomes, as entradas solitárias em quaisquer lugares–, sim, ela estava certa disso. Mas aqui, neste lugar que ainda lhe era tão novo e onde o que mais precisava era estar longe de escândalos, talvez não devesse ser ela a mulher a fazê-lo. As aulas, os pequenos questionamentos jogados de quando em vez, as mínimas dúvidas plantadas quase sem aparecer nas vontades e nos futuros das alunas, isso já não era o suficiente? Já não moravam nesses pequenos gestos as sementes?

Mas estava feito, pensou Catarina enquanto mordia outro bocado do rolinho de peixe que, apesar de saboroso, talvez mais adiante a maltratasse com certa azia. Quando percebera, estava dentro do café – e, mais do que isso, dentro dos olhares de todos os clientes. Impossível voltar, sair pela mesma porta como se não tivesse entrado, porque isso sim seria o escândalo, o comentário maldoso – a professora recém-chegada, brasileira e um pouco estranha, que tentara romper barreiras mas não tivera coragem para isso, e desistira depois de dois passos. Era preciso seguir em frente, buscar uma mesa, sentar-se, ser a cliente. E foi então o que fizera. O que estava feito, estava feito – a vida de Catarina tinha tantas dessas situações.

Terminou de comer o *rollmops*, tomou o último gole de café, olhou em volta e percebeu que os homens ao redor haviam retomado uma fingida normalidade e já não pareciam prestar-lhe maior atenção. Chamou o garçom e pediu a conta. O homem sorriu de um jeito ao mesmo tempo solícito e zombeteiro, e respondeu à professora que a conta era cortesia da casa. Catarina não soube se aquela cortesia era mesmo isso ou uma espécie de fina ironia do café, premiando a coragem ao mesmo tempo em que, por conta da gentileza da gratuidade, dizia sem dizer que a presença de uma mulher naquele lugar era uma excepcionalidade, pequeno ponto fora da curva.

– Muito obrigada, então. *Danke sehr* – disse ela, dividindo o olhar entre o garçom e o proprietário do café.

O homem, debruçado sobre o balcão de madeira que ocupava grande parte do lugar e que parecia ser o ponto preferido daqueles que passavam para um café rápido, apenas respondeu com um aceno breve e razoavelmente respeitoso.

A professora se levantou, sacudiu com delicadeza as poucas migalhas de pão que haviam caído sobre a blusa cinza e, percebendo que novamente todos os olhares a observavam sem disfarce, deu uns poucos passos em direção ao dono do café. Parou em frente ao homem, que suspendeu o nada que fazia, e sorriu com toda a sua simpatia, como que para deixar o ambiente desarmado depois da sua saída.

– Tinham me dito que o Café da Cidade era o melhor daqui, e eu achei que precisava conhecer o lugar. E é verdade. Tudo muito saboroso, o café é bonito e o atendimento é muito bom. Parabéns e obrigada pela cortesia.

– De nada, professora – o homem respondeu em português, um pouco surpreso, mas não disse a ela para voltar quando quisesse.

Catarina seguiu sorrindo e se virou em direção aos demais clientes:

– *Auf wiedersehen, herren*!* – despediu-se ela, enquanto já caminhava em direção à saída do café.

Ganhou a rua e naquele instante percebeu que as mãos suavam sem que fizesse calor. Então começou a andar em direção à sua casa, sem olhar

---

* Até logo, senhores!

para dentro do estabelecimento, apenas para que todos percebessem que não dava maior importância ao que havia feito e também porque sabia que, no mesmo instante em que saíra, tinham começado os comentários.

12

A PRIMEIRA AULA DE PIANO

Hannah chegou para a aula apenas uns poucos minutos antes das quatro. Dessa vez, não trazia nenhuma flor e por alguma razão achou necessário explicar as mãos vazias.

– Quando saí de casa, minha mãe estava na janela. Se ela descobre, acho que até me proíbe as aulas de piano.

Catarina não soube o que dizer; não esperava mesmo que a aluna lhe trouxesse flores todas as vezes que a visitasse ou viesse às aulas, porque sequer teria onde colocá-las. Mas gostou da explicação de Hannah.

– Entra – disse ela. – O importante é a aula.

– Sim – respondeu a aluna. – Mas antes eu preciso de uns minutos para me recuperar do calor. Vim tão rápido de casa que ainda estou esbaforida. Olha a quentura da minha mão! – e colocou-a sobre a mão da professora, mirando-a com um olhar que nem sabia ter.

Catarina sentiu a calidez confortável e úmida dos dedos de Hannah e talvez tenha permanecido por mais tempo do que imaginava, olhos sorridentes devolvendo a mirada expectante da aluna. Ficaram na entrada da casa, as mãos unidas num calor recém-descoberto e num silêncio que nem parecia existir, até que Catarina se deu conta de que aquela cena em porta aberta poderia ser um convite a maus comentários e pediu à aluna que entrasse.

– Hora da aula – disse ela, recolhendo a mão com brandura; e só aí percebeu que os dedos de ambas estavam suavemente entrelaçados; quem das duas havia feito esse movimento invisível, quem havia tornado mais próximo esse breve aperto?

O piano já estava aberto, como se também esperasse a chegada de Hannah. Na mesinha ao lado da poltrona amarela, sobre um guardanapo rendado, repousava o pratinho cheio de biscoitos. Catarina perguntou à aluna se queria algo antes de iniciar a aula, mas esta disse que não; na verdade, comentou, estava ansiosa para começar. Uma ansiedade nervosa e feliz ao mesmo tempo, disse.

– Quase não dormi pensando na aula – completou.

Catarina não disse nada, apenas olhou a aluna como a dizer que entendera.

– Talvez o suor das mãos seja um pouco disso – comentou Hannah.

Catarina sorriu.

– Talvez – respondeu ela. – Depois pediu à moça que tocasse algo, qualquer música de sua escolha, apenas para que se pudesse saber em que ritmo teriam que andar as aulas. Então postou-se ao lado do instrumento, meio apoiada em seu dorso, numa posição em que conseguisse enxergar não só as mãos, mas também o rosto da aluna. – Toca – pediu ela.

Hannah suspirou, um pouco por nervosismo e outro tanto para se preparar; logo começou a tocar. Na salinha começaram a se ouvir uns acordes tímidos, delicados, melodiosos; a aluna executava um acalanto como se ninasse com sua música um bebê recém-nascido: a "Berceuse" de Brahms. Conduzia a música de olhos fechados, certa ternura no semblante, e naquele momento parecia não estar verdadeiramente ali – e foi isso, talvez, o que mais agradou Catarina. Quando terminou, minutos depois, permaneceu de olhos fechados, como se mantivesse ainda a cantiga dentro de si, e naquela hora foi a vez da professora colocar sua mão sobre a mão repousada da aluna.

Hannah tomou um susto breve, como se aquele toque a trouxesse de volta à sala, mas manteve a mão imóvel, agradada com a mistura do frio das teclas ao calor macio dos dedos de Catarina. Quando abriu os olhos, a professora a olhava com certa ternura nova, desconhecida, um pouco surpresa com o talento inesperado da aluna.

– Tu tocas muito bem, certamente já tiveste aulas – disse ela. – E fiquei admirada com a música. Brahms. Te confesso que não esperava este repertório!

Hannah não soube se gostara ou não desse comentário.

– Eu aprendi a tocar com uma vizinha, *frau** Hertha, quando era criança. Depois que ela morreu, quando eu tinha doze anos, continuei por mim mesma, só pela música. Ontem ensaiei um pouco em casa. O *vati* sempre me traz umas partituras quando volta de Porto Alegre. – Parou um instante, como se não soubesse se devia ou não continuar. – Não estamos tão longe de tudo.

---

* Dona ou senhora.

– Sim, sim – contemporizou Catarina. – O que eu quis dizer é que Brahms, vindo de uma menina...

– Não sou menina – protestou Hannah.

– Claro, eu sei – Catarina sorriu, complacente. – Até noiva já és...

– Sim – respondeu Hannah, sem devolver o sorriso. – Até noiva já sou... – e naquele instante percebeu que a mão da professora ainda repousava sobre a sua; mas, estranhada, nem pensou em se mexer.

Ficaram ambas numa quietude de segundos, talvez pensando em sair daquele assunto no qual não gostavam de ter entrado, até que Catarina retomou sua condição de professora e pediu a Hannah que tocasse outra música, uma que não houvesse ensaiado.

– Para saber melhor de tuas habilidades – explicou.

Hannah pensou um instante, procurando dentro de si o melhor repertório, e, depois de mover levemente os dedos a fim de que a professora retirasse a mão esquecida, fechou outra vez os olhos e começou a executar uma valsa terna e triste, que durou pouco menos de dois minutos. Quando terminou a música, Catarina a olhava com uma espécie de curiosa admiração.

– Que bonita essa valsa! – disse a professora. – Não conhecia. De quem é?

– É minha – respondeu Hannah, um pouco envergonhada. E depois, sentindo certo fogo brando e bom nas bochechas: – Nunca tinha tocado para ninguém.

13

ALUNAS LEVAM *ROLLMOPS* PARA A AULA

A professora percebeu. Não houve qualquer comentário, nenhuma pergunta, mas os olhares trocados em sorriso, a agitação silenciosa e a ansiedade buliçosa das meninas davam a Catarina a certeza de que sua visita ao Café da Cidade era assunto que havia circulado por todas as casas. "Talvez eu tenha feito uma bobagem", pensou ela.

Após ordenar que as garotas sentassem, foi até sua mesa de trabalho e lá a surpreendeu um presente que continha em si certa ironia desagradável: alguma aluna (ou algumas alunas, quem sabe?) tivera o cuidado e o trabalho de trazer à mestra, bem embalados num pote de vidro, dois *rollmops*, certamente caseiros e surrupiados do olhar dos pais.

Catarina não deixou que seu desagrado aparecesse; fizesse isso, mostraria uma fraqueza desnecessária, talvez desse pequena vitória a alguma contendora invisível e desconhecida. Melhor considerar aquele presente invulgar como uma brincadeira de juventude, considerou.

Pegou com certa delicadeza o vidro em que boiavam os rolinhos e sorriu, enquanto percebia a curiosa atenção das meninas. Pareciam estar todas num uníssono pronto para rir, mas que, por respeito, ainda esperava o sinal de aprovação da professora. Esse sinal não viria, decidiu Catarina.

– Muito obrigada pelo presente – disse ela, apenas.

Não perguntou o que eram aqueles rolinhos brilhantes boiando num líquido meio opaco, nem mesmo quem os havia trazido. Se o fizesse, daria corda ao assunto. Não iria sorrir da brincadeira, mas também não faria cara feia – o que deveria era ignorar, justamente porque as alunas pareciam estar aguardando sua reação.

– Abram os cadernos – ordenou a professora, enquanto pegava um pedaço de giz e se dirigia ao quadro a fim de iniciar a matéria.

Antes de começar a escrever, olhou rapidamente para as meninas, como a se certificar de que todas pegavam as cadernetas, mas buscando enxergar, nos movimentos ou reações, algum desapontamento – e lhe pareceu que Ingrid von Schmiedel contorcia o rosto num breve espasmo de decepção.

– Todas fizeram o tema de casa? – perguntou, enquanto escrevia no quadro as primeiras frases da matéria.

Houve uma espécie de "sim" conjunto e arrastado na sala, pronunciado quase à meia-voz, todas temerosas de serem chamadas ao quadro-negro.

Catarina então terminou de escrever e passou um olhar sorridente e demorado por todas as alunas, como se de alguma forma saboreasse previamente uma pequena vingança.

– Ingrid! – chamou ela, e a aluna lhe ergueu uns olhos meio temerosos.

Catarina aguardou que aquele olhar recuperasse o brilho de desafio para somente então dar a ordem:

– Vem ao quadro, *bitte.**

---

* Por favor.

14

JOHANN VAI À CASA DE CATARINA

As batidas na porta eram tímidas, como se não quisessem ser ouvidas, e, quando Catarina atendeu, foi com certa surpresa um pouco incômoda que viu a figura quase constrangida de Johann Kiefer parado em sua frente.

– Bom dia, professora – ele cumprimentou, sorriso cortês.

– Bom dia, *herr* Kiefer – Catarina devolveu o cumprimento, com uma mesura que lhe pareceu exagerada, excessivamente respeitosa, mas que na verdade era somente o gesto de quem não sabia muito o que fazer. Depois permaneceu calada, apenas sorrindo, ainda sem saber direito o próximo passo.

Foi ele quem tomou a iniciativa:

– Podemos conversar um pouco, professora?

– Claro, claro! Mas entre, por favor! Que falta de educação, a minha! – e Catarina saiu de frente da porta, fazendo ao presidente da Associação Colegial um gesto para que entrasse.

Johann entrou, e a primeira coisa que percebeu foi o quão pequenina era a casa em que a associação havia alojado a professora. A salinha onde ele e Catarina permaneciam de pé, ambos ainda meio indecisos, tinha um quase nada de móveis, e o piano parecia ocupar praticamente todo o espaço, encimado pela gravura de Cristo de olhos azuis, à qual Johann imediatamente prestou atenção. "Tão simples esta casa", pensou.

– Acomode-se, por favor – e Catarina apontou a poltroninha amarela onde Hannah sentava sempre que não estivesse em aula.

Ele se sentou, parecendo um pouco desconfortável, e a professora não soube se aquele desconforto provinha do fato de estar na casa de uma moça solteira ou por conta do assunto que – Catarina adivinhava – o levara até ali.

– Um chá, *herr* Kiefer? – ela perguntou, solícita.

– Não, obrigado. Não posso demorar muito.

A professora se sentiu aliviada com a resposta de Johann, a visita provavelmente terminaria em breve. Então se acomodou na banqueta do piano.

– Sente-se na poltrona, professora! – o homem exclamou, elegante.

– Não, não. Como adoro este piano, fico muito tempo nesta banqueta, tocando. Já estou bem acostumada.

Ele deu uma risada breve, formal. Distante da segurança de comerciante e presidente da Associação Colegial, Johann quase parecia outra pessoa: tímido, um pouco desconfortável, sem saber onde colocar as mãos. Então, fez duas ou três perguntas desinteressadas sobre as lições da filha, sem prestar muita atenção às respostas; depois, já mais atento, quis saber da professora como estavam as aulas na escola, o que estava achando do lugar, se as expectativas dela – vinda de Porto Alegre – estavam se cumprindo. Mas havia em seu olhar certa vaguidão enquanto escutava as respostas afirmativas e um pouco dispersas de Catarina, como se buscasse nas frases de maestra um ponto de onde pudesse pinçar o assunto sobre o qual verdadeiramente precisava falar. Até que a professora comentou que estava, sim, gostando bastante de tudo e complementou, talvez de modo meio protocolar, que a vila era um lugar até mais avançado do que imaginara.

– Sim, professora – Johann pegou ao final da frase a deixa necessária. – Mas não se engane: nem todo mundo aqui é assim. Há os que são bem retrógrados – e ele pareceu se orgulhar da palavra. – Isso existe em todos os lugares.

– Sim, sim – Catarina sabia que o assunto verdadeiro agora estava chegando.

– Falando nisso – e ele pareceu indeciso sobre prosseguir com o tema que, afinal, o levara à casa da professora –, algumas pessoas comentaram comigo a sua visita ao Café da Cidade.

– Ah, sim? – a professora fingiu certo espanto, mesmo porque lhe faltava o que dizer.

– Sim – o constrangimento do homem era agora visível, e Catarina soube que o embaraço de Johann não existiria se ele estivesse conversando com outra mulher que não a professora da capital. – O comentário é bem grande. A senhora sabe, lugar pequeno... Algumas pessoas ficaram... surpresas – e, pela cuidadosa escolha das palavras e pela expressão de Johann, "surpresas" queria dizer desgostosas.

– Surpresas, como? Incomodadas? – e havia na pergunta uma mistura de curiosidade e provocação.

O homem titubeou, mas depois consentiu: a resposta à dúvida da professora o livrava de um discurso maior.

– Um pouco incomodadas, sim – depois justificou: – Como eu disse, é um lugar pequeno.

– Eu entendo.

– E algumas das pessoas incomodadas, um pouco incomodadas – ele seguia cuidadoso com as palavras, enfatizando umas e diminuindo outras –, são pais e mães das alunas, gente da Associação Colegial, até da diretoria.

Catarina se deu conta, então, de quão pequeno era aquele lugar que se dizia tão grande: sua breve ida ao café se tornara o assunto das casas, o comentário das famílias, a solteirona invadindo o lugar dos homens, o escândalo à boca pequena. E escândalo, pensou ela, era do que sua vida menos precisava.

– Ah, veja só. Então é melhor eu não ir novamente – Catarina resolveu dizer logo o que Johann esperava ouvir. – O que é uma pena. Os *rollmops* são muito bons – brincou ela, buscando suavizar o assunto.

O homem sorriu, sem muita graça; provavelmente estava ali não por vontade própria, mas por conta dos comentários.

– Sim, talvez seja melhor – concordou Johann, aliviado: a professora havia decidido isso antes que ele precisasse pedir. – A senhora sabe, aqui não é Porto Alegre...

– Claro, claro.

Ela olhou para as mãos de Johann: pela primeira vez, pareciam ter encontrado lugar e repousavam tranquilas sobre a perna do homem. Sim, a vinda da professora de Porto Alegre, desconhecida, morena e solteira, certamente não fora uma decisão fácil e nem unânime na diretoria da associação, e seu presidente precisava zelar para que sua posição seguisse prevalente. Mais que isso: que o seu nome continuasse a ter o mesmo peso naquela comunidade. A visita tinha também esse sentido, e o silêncio entre as falas relutantes de Johann parecia dizer "professora, colabore com sua estadia".

E, sim, Catarina queria colaborar com sua estadia. Para isso, precisava sempre ser maior que suas vontades, tentativa que se renovava todos os dias.

Ambos permaneceram quietos por uns instantes. Catarina porque, após a decisão de não mais ir ao café, já não sabia muito o que dizer; Johann porque o propósito de sua visita fora cumprido. Era preciso apenas um pequeno salto em direção ao cotidiano, algo que possibilitasse a tranquila despedida. Foi Catarina quem deu esse salto:

– O senhor tem certeza de que não aceita um chá?

– Não, obrigado. Como eu disse, a demora era pequena. Só vim mesmo para saber o que a senhora estava achando das aulas.

– E falar sobre minha visita ao café – Catarina não conseguiu evitar o comentário.

– Sim, também – concordou Johann. E logo, levantando-se da poltrona amarela e dando dois passos até a entrada: – Mas agora preciso ir. Muitas obrigações – e a professora não soube se aquelas palavras se referiam às coisas que ele ainda tinha a fazer ou à visita que agora terminava.

– Claro, *herr* Kiefer. Volte sempre.

– Obrigado, professora – agradeceu ele, já na porta, fazendo uma curta mesura de despedida.

E, quando já se encaminhava à rua:

– Hannah disse que está gostando muito das aulas de piano.

15

CATARINA EM SUAS LEMBRANÇAS

Catarina havia saído de Caçapava do Sul antes dos cinco anos, na mudança da família para Porto Alegre, e depois voltara poucas vezes à cidade – a distância era tão grande, e os laços, pequenos, insuficientes. Mas a mãe sempre lhe dizia que era de lá, daquela mistura portuguesa e índia, que lhe provinham a pele de cobre, os cabelos bastos e grossos, os olhos cujo verde parecia crescer com o passar do tempo.

A família viera para Porto Alegre porque o pai, contador, tinha conseguido emprego no Banco da Província e fora designado para trabalhar na capital. Eram dois sonhos que se cumpriam ao homem: trabalhar numa casa bancária cuja solidez era sinônimo de tranquilidade e levar a família à metrópole, onde o futuro parecia mais próximo. Tinham se instalado num sobrado com pátio ao fundo, próximo ao Alto da Bronze, e era no gramado e nas árvores da casa que Catarina brincava com o irmão mais velho, Getúlio. Quando se divertia sozinha, tocava piano ou ensinava suas três bonecas a ler e escrever, ainda que ela mesma estivesse recém aprendendo as letras na escola. Vou trabalhar de professora, a pequena dizia à mãe, que respondia que sim, que até poderia fazer isso, mas que nunca esquecesse que o mais importante era formar sua própria família.

Mas o banco onde o pai trabalhava sofreu com os efeitos da Primeira Guerra Mundial. Várias agências foram fechadas, e muitos empregados, demitidos. Essa ameaça rondou os dias da família por meses, até que o pai chegou em casa com a notícia que, ao mesmo tempo em que tranquilizava, era também uma reviravolta em todos os planos de futuro: como haviam dispensado funcionários na filial de Pelotas, a diretoria precisava que alguém de confiança e mão firme conseguisse manter por lá os mesmos números e faturamentos, e tinham então lhe oferecido um cargo de chefia que significava, a uma só vez, promoção e transferência. E ele havia aceitado.

Catarina e o irmão, no entanto, não foram para Pelotas. Permaneceram em Porto Alegre, cada qual num colégio de internato, distantes um do outro. Ela estava com treze anos, prestes a completar catorze, e durante a primeira semana chorou sozinha na cama todas as noites. Depois, pouco a pouco, foi se acostumando à nova situação, e houve então o dia em que percebeu que estava gostando da vida na escola. A mãe mandava todas as semanas umas cartas saudosas, nas quais o pai colocava também algumas palavras meio solenes, cartas estas que Catarina respondia com escritos que começaram com resmas e resmas de papel mas que, com o passar dos dias, foram ficando cada vez mais curtos.

(Não era desamor, claro; mas pensem no tanto de mundo que uma garota de catorze anos tem a descobrir. É todo um tempo.)

As professoras, as atividades, os passeios, as conversas no pátio, as aulas de piano com a professora Edeltraud, as guerras de travesseiro nos dormitórios, as colegas. E Luzia, a amiga mais próxima, que pertencia a uma das famílias mais ricas de Santa Catarina, riqueza esta que parecia lhe dar uma confiança e independência que as outras não conseguiam ter e que, a um só tempo, assustava e encantava Catarina. Luzia ria alto, falava palavrão e – sabe-se lá como – conseguia uns cigarros de palha que fumava escondida no pequeno bosque que existia nos fundos do pátio do internato. Não tenho medo de nada, dizia ela, com a certeza confortável que a fortuna do pai lhe dava.

Mas isso não era verdade: nas noites de chuva forte, nas quais os raios e trovões pareciam clarear e tremer o dormitório, Luzia vinha com uma expressão de pavor infantil que só nessas horas existia e, sem pedir licença, metia o corpo tremente embaixo das cobertas de Catarina, e era abraçadas na estreiteza do colchão que enxergavam juntas a chegada da manhã. Catarina gostava daquelas noites, o calor do corpo da amiga era diferente do calor dos cobertores: parecia esquentar mais, parecia esquentar por dentro.

Houve então a noite em que, calmados os relâmpagos e já no final da madrugada em que haviam repartido as cobertas, mas ainda no escuro e no silêncio inteiro do dormitório onde ambas pareciam ser as únicas acordadas, Luzia segurou mansamente o queixo de Catarina e a beijou com leveza adolescente. Foi apenas um segundo, nada mais que um encostar de lábios; mas foi um segundo em que Catarina se retesou numa surpresa muda, sem saber o que fazer ou o que pensar, torcendo para que nenhuma das outras colegas tivesse visto aquilo. Luzia permaneceu tranquila, olhando a amiga com uns olhos que pareciam dizer que já sabiam, e foi com certeza serena que sussurrou, volume apenas suficiente para que Catarina escutasse:

– Nosso segredo – e se virou para o outro lado, sorrindo.

E mantiveram esse segredo bom por um tempo. Nem sempre chovia quando Luzia, pé por pé, chegava à cama onde Catarina a esperava com uma alegria silenciosa e ainda sem nome – mas alegria, sim. Conversavam no escuro aos cochichos, rindo baixinho, apenas se interrompendo brevemente quando alguma colega próxima, incomodada ou mal instalada em seu sono, resmungasse qualquer reclamação. Luzia por vezes repetia o beijo, algo que Catarina aguardava numa expectativa tão tímida quanto feliz, mas nunca mais do que isso: as mãos dadas quando dormiam, o afago rápido no rosto, um sopro delicado de brisa nos olhos fechados da outra, o roçar dos pés e dos cantinhos descobertos de pele. Nada além, porque havia tantas outras moças próximas e também porque sequer sabiam bem o que era tudo aquilo.

Se as outras colegas sabiam, o fato é que ninguém nunca pareceu se incomodar. Às vezes, outras meninas faziam o mesmo – se bem que variassem as parceiras –, e as monitoras da noite talvez achassem que era desnecessário se aborrecer por conta de duas meninas apenas dividindo a mesma cama.

(Bonitas elas, dormindo.)

Até que, tempos depois, Luzia decidiu que estava na hora de novos segredos. Foi com a chegada de uma nova aluna, Julieta, um ano mais velha, e que tinha uns olhos azuis que pareciam atravessar a noite.

Coração sangrante, Catarina sofreu em silêncio o desapreço da amiga, mas não deixou que ninguém percebesse. Socorreu-se dos cadernos, do piano, mergulhou nos estudos, buscou outras amigas e sorrisos e fortaleceu, a cada dia que passava, a certeza de que seria professora. Quando a formatura chegou, sua alegria era tanta e tão verdadeira, que sequer havia espaço para perceber os olhares amorosos que, entre si, trocavam Luzia e Julieta.

A mãe de Catarina morreu menos de dois anos após a formatura da filha na escola normal. A moça, que já estava dando aulas num colégio de Porto Alegre e morava numa pensão bem localizada e confortável na Duque de Caxias, não conseguiu ir ao funeral porque nenhum transporte entre a capital e Pelotas chegaria a tempo. Ficou em seu quarto, chorando e se sentindo sozinha e desamparada como nunca antes em sua vida, alimentada apenas pelos chás de macela que a penalizada dona da pensão vez por outra lhe trazia, tocando no piano as músicas mais tristes do mundo, e só saiu dias depois, os olhos secos, decidida a não se abater por mais nada. Mandou ao pai um telegrama triste, dizendo que iria vê-lo tão logo fosse possível, um pouco confortada por saber que o irmão, que voltara a Pelotas um ano antes e já trabalhava como estafeta no banco, era também um amparo.

Mas demorou a ir, e quando o fez, a visita teve uma melancolia com certo jeito de despedida do pai, que sem dizer nada muito diretamente cobrava um casamento que Catarina desde sempre sabia que não aconteceria. A moça desconversava, tentava algum comentário engraçado e que não dissesse nada, mas o fato é que desde Luzia ela sabia que seus olhares tinham sido feitos para as suas iguais, com as quais tinha de vez em quando algumas aventuras de prazer tão fugazes quanto escondidas, em lugares tão secretos quanto proibidos, e que nenhum homem seria o dono de sua vida.

(Nosso segredo, lembrava ela.)

Catarina era boa professora e não tardou a receber convite para lecionar em outros educandários. Aceitou então a proposta de uma escola que, ainda que lhe exigisse mais tempo porque daria aulas de português e de piano, pagava um valor melhor – que ela, econômica e organizada, depositava quase integralmente na conta bancária que, por conselho do pai, abrira numa agência do Banco da Província. A cada vez que depositava ali o seu dinheiro, agradecia aos céus por não ser uma mulher casada – se fosse, precisaria da autorização do marido para abrir aquela conta ou mesmo trabalhar.

Trabalhou dois anos nessa escola até que.

De todas as suas turmas, Alzira era a aluna mais bonita. Talvez não fosse, mas era assim aos olhos de Catarina. Não apenas por conta de sua beleza física, mas também por causa de um jeito que de alguma forma fazia com que aparecesse mesmo quando não queria fazê-lo. A presença de Alzira tinha uma força natural que por vezes quase parecia constranger as colegas, mas que para Catarina tinha certo encanto poderoso. E havia mais: os olhares que dava à professora, desabridos e ousados, pareciam ser de promessa e convite. Alzira ria alto na aula – e olhava Catarina, desafiadora. Respondia corretamente uma questão – e mirava a professora, provocante. Dava opinião sobre um assunto do momento – e encarava a mestra, tentadora. E sempre sorrindo, sorriso que parecia mais esconder que mostrar, ao mesmo tempo fugindo e se revelando.

E houve então o dia em que, ao final da aula, Alzira se demorou para sair da sala. Permaneceu em sua carteira, disfarçando procurar qualquer coisa, enquanto as colegas todas iam se retirando e Catarina apagava a matéria que, ainda há pouco, escrevera na lousa. Quando a professora se virou, assustou-se brevemente com a presença risonha da aluna.

– Eu não entendi bem uma parte da matéria – disse Alzira. – A senhora poderia me tirar uma dúvida?

Catarina olhou para o pequeno relógio de madeira, cujo cuco interrompia a aula com seu canto a cada hora cheia, e respondeu que sim, mas que não poderia demorar muito; precisava pegar o bonde para casa.

– É rápido, só uns minutos – e a aluna andou até a porta da sala, olhou para fora e a fechou.

Depois, ao retornar, permaneceu de pé, bem próxima à professora. "Um calor", pensou Catarina, enquanto abria o caderno de notas para esclarecer a matéria a Alzira. Quando voltou o rosto à aluna, pronta a iniciar a explicação, esta aproximou ainda mais o corpo, em um movimento que não deixava dúvida. No momento em que a professora buscou se afastar como se nada estivesse acontecendo, a garota se abaixou um pouco, ao mesmo tempo em que, com os braços, a forçava a se levantar, e procurou sua boca num beijo tão longo quanto desajeitado. Catarina se desvencilhou do beijo com a autoridade de professora, porque Alzira era a aluna e não era a hora e nem o lugar, mas a moça a retomou com uma força que não parecia ter e a beijou novamente, dessa vez com mais precisão e talento. Foi novamente um beijo longo, do qual Catarina já não se desvencilhava assim tão facilmente, quando a porta da sala se abriu num supetão e, à frente de duas alunas que Catarina nunca soube o que poderiam querer, Alzira se afastou com um empurrão que parecia assustado, gritando:

– Foi ela! Foi a professora! Ela que me agarrou!

Por mais que Catarina tentasse sua defesa, justificando que nada daquilo tivera iniciativa sua, a despedida foi inevitável. De nada adiantaram seu amor e o dom para o magistério. Ainda que – vá lá!, concedeu a diretora – ela talvez não houvesse iniciado nada, o problema é que também nada tinha feito para impedir ou terminar, ao menos é o que tinham dito as duas escandalizadas testemunhas, ambas colegas próximas de Alzira.

Mas o escândalo permaneceu apenas dentro das portas da escola. Algum acordo houve da escola com as três meninas, que permaneceram nos bancos escolares, felizes e cúmplices, como se nada houvesse acontecido. Um silêncio. Mas um silêncio que também era necessário ao colégio e à própria Catarina. À escola porque, se aquela indecência se tornasse pública, o número de alunas certamente diminuiria; a Catarina porque fatalmente não conseguiria mais trabalhar em nenhum outro lugar.

Por isso, na hora do desligamento, concordaram que o motivo a ser dado, se algum questionamento houvesse, era que Catarina se sentia doente e precisava de repouso para recuperar a saúde. Ninguém colocaria em dúvida razão tão forte, e tanto a escola como a professora permaneceriam com suas reputações sem mancha.

– Até porque é mesmo uma doença. Ninguém está mentindo – comentara a diretora, severa e triste, na conversa de despedida.

"Doença", pensara Catarina.

Foi esta a explicação que dera por carta a Johann Kiefer quando, por conta de um pequeno anúncio publicado pela Associação Escolar no *Correio do Povo*, tinha descoberto aquela oportunidade. Lecionar fora de Porto Alegre era o que poderia haver de melhor naquela hora: trabalho e afastamento.

E quando, na entrevista, Johann lhe perguntara se estava bem curada de sua doença, Catarina respirou fundo e respondeu que sim.

16

HANNAH EM SEUS PENSAMENTOS

Deitada em sua cama, olhos estrelados em direção à madrugada, Hannah pensava, pensava e não conseguia entender. Não era ruim, isso; era apenas novo, algo que ainda não tinha sentido e talvez sequer soubesse como sentir. E menos ainda explicar a si mesma. Mas o que era esse novo que lhe enchia de calor o corpo e era ao mesmo tempo um sopro de ar fresco a cada vez que pensava na professora, a cada vez que lembrava do peso morno e macio da mão de Catarina sobre a sua, a cada vez que lembrava da bela enormidade de seus olhos verdes, a cada vez que lembrava do sorriso que parecia iluminar a saleta onde aconteciam as aulas, a cada vez que lembrava do som daquela voz ainda mais bela que as melodias que buscavam ambas nas teclas do piano, a cada vez que lembrava? E o que era também esse não querer parar de lembrar? Era uma ânsia e um formigamento, vontade de que as aulas de piano não acabassem misturada à vontade de não ter aula, vontade de fugir de algo cujo nome não conhecia misturada à vontade de não fugir. Era uma dúvida boa, caminho que desembocava na única direção possível, desconhecimento que amadurecia em certeza, o corpo que já sabia.

E foi a sabedoria desse corpo que guiou sua mão. Fechando os olhos para que a imagem de Catarina não escapasse pela noite, deixou que esta avançasse sobre a camisola e descesse ao ventre, que afastasse com suavidade o algodão, e que seus dedos descobrissem pela primeira vez a umidade acolhedora abrigada no meio das coxas e ali trabalhassem como se já soubessem. Talvez tenha desejado parar, é possível que tenha pensado que era pecado e era errado, mas se isso aconteceu foi num instante sem vontade e força, porque já não lhe obedeciam os dedos e o corpo, já não lhe obedeciam as mãos e o tremor do ventre, já não lhe obedeciam a história e a moral, a vergonha que desaparecia em golfos, já nada lhe obedecia, porque nada agora era mais importante e mais intenso, nada agora conseguiria impedir o gozo que lhe subia das entranhas, os movimentos cada vez mais sábios e certeiros, as mãos molhadas e a boca repleta de saliva doce, num crescendo arrebatado e denso, até que num momento de eternidade explodiu o calor que lhe aprisionava as veias e o desejo, e nessa hora seus olhos fechados se encheram de lágrimas de certeza e libertação, enquanto ela repetia, com susto e delícia, pasmo e paixão recém-descoberta, o nome de Catarina, Catarina, Catarina.

17

HANNAH E O NOIVO CONVERSAM NA PRAÇA

Era o mesmo bulício ao redor, os mesmos ruídos a lembrar do progresso, as flores dos canteiros e o gramado bem cuidado tinham os mesmos matizes de sempre, nas ruas próximas desfilavam os mesmos carros e charretes e nas calçadas faziam o *footing* as mesmas pessoas que olhavam as mesmas vitrines, a algaravia tranquila dos pássaros era igual à dos outros dias, as torres da igreja católica e evangélica seguiam como sempre se confrontando numa espécie de desafio mudo. Tudo igual.

Mas Hannah estava diferente.

Ela havia chegado com atraso à praça, onde o noivo a esperava com a paciência de quem ama, e recebera num silêncio triste e desesperançado a margarida que ele tinha colhido ali mesmo e agora timidamente lhe alcançava.

– Obrigada, Franz, disse ela – olhando-o meio sem olhá-lo, como se nenhum dos dois estivesse inteiramente ali.

Sentaram-se no banco em que costumavam se acomodar nas vezes em que, para fugir dos olhares agudos dos pais ou das traquinagens bobas de Thomas, vinham à praça para conversar mais à vontade. Franz pegou na mão da noiva, espécie de afago acanhado, e Hannah apenas deixou que isso acontecesse, sem lhe devolver a delicadeza; as mãos finas e claras do noivo não tinham o mesmo calor das mãos de Catarina. Ela o olhou verdadeiramente, como se apenas naquele instante o percebesse ali, e então teve um carinho desconsoladamente piedoso pelo noivo, porque tinha agora toda a certeza do mundo de que nunca conseguiria amá-lo. Colocou com suavidade a mão nas bochechas glabras de Franz e deu-lhe um sorriso breve no qual se escondia um desalento sem fim; sentindo aquela carícia inesperada nas faces, ele sorriu como se tivesse ganhado um prêmio.

Ficaram assim durante um tempo, posição desajeitada, estátuas perdidas no meio da praça, Franz um pouco surpreso com aquela mão querida em seu rosto e Hannah apenas esperando que o tempo passasse para que, depois de algum assunto sem importância e trivialidades que não dissessem nada, pudesse exclamar – como se de repente se desse conta – que estava na hora de ir para casa.

– Dia bonito hoje – comentou ela, por fim.

– Sim – respondeu ele, olhando em volta e apenas por concordar; na verdade, não havia qualquer sol especial naquela tarde.

– E como foi o trabalho no matadouro? – Hannah nunca fazia esse tipo de pergunta porque, embora o noivo trabalhasse no escritório da empresa do pai, a crueldade e a violência sanguinolenta do negócio lhe despertavam certo asco.

Franz, surpreendido com o inusitado interesse da futura esposa, entabulou um pequeno e aborrecido discurso, ao qual a garota não prestou maior atenção, mas que serviu para que o tempo passasse sem que ele começasse a falar sobre os preparativos do casamento. Quando terminou a explicação, Hannah ainda lhe fez algumas perguntas sobre o dia, perguntas às quais ele respondeu com gentileza mas também com certo estranhamento, porque já as havia respondido na fala anterior. Depois, não conseguiu deixar de comentar o quanto estava feliz com o interesse da noiva pelo seu cotidiano.

Hannah não soube o que responder; não havia mesmo o que dizer sobre o dia a dia do escritório de um matadouro. Por isso apenas sorriu, sorriso ausente de quem pensava em outra coisa, e esperou que o noivo seguisse em suas palavras. Só que ele não disse nada; olhou-a como se já houvesse esgotado aquele prazeroso assunto preliminar, e Hannah leu em seus olhos que preparava a conversa sobre o casamento. Mas não, pensou ela, enquanto puxava de dentro de si qualquer assunto sobre a vila, comentário sobre algum novo comércio que recém abrira, a agência de banco e o cinema que diziam estarem prestes a ser instalados, as bebedeiras de *herr* Schuler, algo que lhe permitisse uns quantos minutos de conversa, até que olhasse o céu e percebesse que o sol já principiava a descer no horizonte e pudesse dizer sem culpa que precisava ir para casa. Qualquer assunto, pensou Hannah, em que não precisassem falar nem sobre a professora nem sobre os preparativos para o casamento.

18

O BEIJO

Catarina abriu a porta, e a primeira coisa que viu foi a rosa, rápida, estendida em direção ao seu peito. Depois, a alegria de Hannah, parecendo ir além da molecagem de trazer escondida à professora uma flor recém-roubada. As flores haviam se tornado uma espécie de símbolo entre elas, o segredo bom que mantinham sem peso. Para Hannah, colher a flor num momento em que não estivessem no jardim os olhos vigilantes da mãe, levá-la com disfarçado zelo por todo o caminho e só descobri-la com cuidado e na segurança do sorriso da professora era uma espécie de prova de coragem que mostrava a si mesma. Para Catarina, manter em seu quarto aquelas flores solitárias e afastadas de qualquer olhar que não fosse o seu, acompanhando seus lentos despetalares e a perda suave e silenciosa de seus viços, consistia numa alegria delicada e intimista, cujo fim inelutável, mesmo com todos os medos, ela sabia qual era.

– Entra – pediu Catarina, acolhendo a rosa.

Hannah entrou com passos diferentes, certa decisão nova em seus movimentos – talvez os de alguém que já se sentisse um pouco em casa –, e foi com a mesma decisão que desvestiu o xale que levava sobre os ombros e perguntou à professora onde poderia guardá-lo.

(Vejam como suas mãos não tremem mais.)

– Deixa que vou colocar no meu quarto, em cima da cama. Já aproveito e ponho a flor no vaso, junto com as outras.

– Obrigada, Catarina – disse a aluna, e nem uma e nem outra se surpreenderam com aquela serena intimidade.

Quando a professora voltou, Hannah estava sentada na ponta da poltrona amarela, as costas retas, desconfortável – como se aguardasse o convite para acomodar-se inteira, como se estar à vontade ainda fosse incipiente, incompleto. Sem dizer nada, Catarina foi à cozinha e de lá voltou com um pratinho cheio de biscoitos de polvilho, caprichosamente colocados sobre um guardanapo de renda.

– A cada aula, uma delícia nova – comentou Hannah, sem saber que sorria. – Assim, daqui a um tempo, não vou nem conseguir passar pela porta.

– Se estiver aqui dentro, não vejo problema – respondeu Catarina, surpreendendo-se com a própria resposta. "Tenho que me cuidar", pensou.

Hannah manteve o sorriso e se surpreendeu ao perceber que não ruborizara com aquele comentário.

Ficaram ambas se olhando por uns instantes, despreocupadas de qualquer disfarce, e naqueles olhares morava uma certeza invencível que começava a abrir caminhos e de alguma maneira enchia a sala. Parecia existir ali um jogo pequeno e suave, a ver quem primeiro diria algo e, com a palavra, desfaria o momentâneo encanto.

Foi Catarina quem teve a força de falar:

– Vamos à aula, então?

A aluna pareceu quebrar-se um pouquinho, talvez desapontada com aquele pedido que saía do esperado, daquilo que dizia a urgência quente dos olhos, mas se levantou logo, recomposta e aplicada, e, apanhando um biscoito do prato, dirigiu-se ao piano.

– Para não passar pela porta – brincou, mostrando o biscoito à professora.

Na aula, Hannah errou bastante, talvez porque sua alma, longe das lições do dia, não quisesse acompanhar as mãos. Estas corriam pelas teclas, um pouco a esmo e timidamente perdidas, enquanto a alma desejosa de Hannah teimava em estar em outro lugar, talvez olhando as flores ou buscando o xale no quarto de Catarina, subitamente sabedora do que significavam aquela inquietude e aquele broto cortante no peito. O olhar da professora, que ela adivinhava se dividir entre a errância de suas mãos e a suave claridade de seus cabelos, era ingrediente ainda maior a afugentá-la da música e, ao mesmo tempo, embarcá-la num mundo novo e ignorado, cujas portas Hannah queria abrir. Não por coragem, mas por algo que não se vencia.

E quando, num erro maior, Catarina colocou a mão esquerda sobre os dedos da aluna a fim de estancar a desarmonia da música, Hannah manteve um instante sobre a própria mão aquela leveza tépida, para então levá-la decidida até o peito onde as batidas do coração pareciam tambores. Depois levantou-se e, braços iniciando o abraço num caminho desde sempre adivinhado, sua boca buscou com alegria recém-nascida e desajeitada a boca de Catarina.

19

ROUBANDO AS ROSAS

Mal haviam sentado à mesa e feito a oração, Eva quebrou com sua revolta o habitual silêncio das refeições.

– Eu fiquei um tempo tentando não falar – começou ela. – Porque pensava que iam dizer que é besteira e que tenho coisa mais importante com que me preocupar. Tenho, sim. E me preocupo. As coisas da casa, a cozinha, a despensa, a ajuda nas firmas, Hannah e Thomas, Johann. Estou sempre trabalhando. Então, nenhum de vocês pode dizer que me preocupo com bobagem – e apontou para os três, um a um, que ainda aguardavam o seguimento da fala. – Mas o que parece que ninguém entende é que as flores são a minha paixão. Eu amo o meu jardim. Trato cada flor, cada folha, cada planta, até dos espinhos eu trato – e riu com brevidade, talvez um pouco envergonhada. – Toda flor arrancada é sempre uma tristeza. É claro que não gosto se alguém mexe nas minhas plantas. Não gosto que mexam, não gosto que arranquem e não gosto que roubem! – exclamou, passando o olhar por toda a família (percebam que Hannah parece pálida, percebam). – E quando me roubam uma rosa do rei, é ainda pior. Por isso, a minha brabice agora, *scheisse*!*

Três silêncios distintos aguardaram o final da fala: em Johann era por espanto; em Thomas, pela graça no palavrão que a mãe tinha falado; em Hannah era por medo. Até que Eva concluiu o discurso:

– Alguém viu o ladrãozinho que anda roubando as minhas rosas do rei?

Johann respondeu que não e não disse mais nada.

Thomas respondeu que não, mas que ficaria de olho.

Hannah respondeu que não, olhos baixos no prato.

---

* Merda!.

20

A MEMÓRIA DO BEIJO

Aquele fora o primeiro beijo da vida de Hannah e, desde então, era impossível parar de lembrá-lo. Na vida de Catarina, outros beijos já haviam existido, inclusive o que causara sua demissão da escola em Porto Alegre. Na solidão desejada do quarto, Hannah colocava a mão à boca, buscando reviver o gosto que sua poética imaginação teimava em recordar como um sabor de maçãs frescas, embora na verdade houvesse sabido um pouco aos biscoitos de polvilho. A professora lembrava que o beijo tivera, sim, certo sabor enfarelado de biscoito, mas talvez fosse isso mesmo o que mais a encantara. Sentada em sua cama, pés descalços sobre o tapete, a aluna tentava lembrar também dos olhos de Catarina, adivinhar o que poderia ter dito aquele brilho rápido de susto. A professora, sentada sozinha na poltrona amarela que junto ao piano enchia a pequenez da sala, recordava a surpresa inicial, mas lembrava ainda mais do momento em que fechara os olhos e enlaçara com suavidade aquele beijo delicadamente desajeitado. Hannah, esfregando lentamente um pé no outro, também fechava agora os olhos a fim de conseguir lembrar melhor não apenas do beijo, mas de tudo ao redor. A professora, sorrindo sozinha e acariciando sem perceber o braço da poltrona onde costumava repousar também o braço da aluna, lembrava do olhar assustado de Hannah depois da delícia da ousadia, do movimento que esta fizera para afastar os corpos que ela mesma havia aproximado, como se subitamente acordasse de um sonho que não deveria estar sonhando, e de como a havia puxado novamente contra si, abraço que acolhia e explicava. Ao lembrar de tudo ao redor, Hannah recordava da imensidão verde do olhar de Catarina após o sobressalto, o rubor alegre de ambas, e de como, depois de se desvencilhar sem vontade do abraço que provocara, não achara nada para dizer além de que era tarde, meu Deus, precisava ir embora. Catarina, recostada na poltrona, lembra que dissera sim ao pedido sem vontade da aluna, apenas porque era preciso se recompor, feliz em seu destino incerto, olhos de fogo enquanto Hannah partia. A aluna fora embora cantando, o peito aos pulos, enquanto a professora sentara ao piano e começara a tocar uma valsa que era só de alegria, o peito também aos pulos.

21

OS HOMENS CONVERSAM NO CAFÉ DA CIDADE

Nos intervalos das conversas sobre progressos e negócios no Café da Cidade, os homens da vila ainda falavam sobre a nova professora. Não por conta das aulas, que segundo suas bem-nascidas filhas estavam indo bem, mas pela figura em si de Catarina, aquela brasileira de cabelos tão pretos e olhos verdes, cuja independente solteirice conseguia deixar a todos intrigados. A entrada dela no café, a tranquilidade com que comera seu *rollmops* e tomara café com leite ainda seriam assunto por um longo tempo. A verdade é que Catarina, passeando sozinha e ignorando com simpatia protocolar qualquer galanteio que se aproximasse, incomodava um pouco aquele lugar que, gritando orgulhoso a sua pujança, era também tão severamente conservador. O orgulho da modernidade bailava de mãos dadas com o conservantismo dos costumes, sem que se decidisse quem conduzia a dança. Uma mulher solteira e descomprometida andando sozinha pelas ruas do lugar não deixava de ser uma espécie de provocação.

Foi o livreiro Schmitt, que lia todos os livros de Sherlock Holmes e se gabava de uma percepção que os demais não tinham, quem levantou a possibilidade:

– Pode ser que essa professora não goste de homem.

– *Du bist verrückt! Das ist nicht von Gott!** – exclamou Hugo Griebler.

Mas o resto do café permaneceu um instante num silêncio pensativo e algo irônico, talvez um pouco escandalizado, como se todos houvessem percebido uma possibilidade até então inexistente.

– Por quê? – perguntou alguém, depois de certo tempo.

– Ora – explicou Schmitt. – Ela é solteira, não presta atenção a nenhum dos nossos guris, dá aula só para as meninas (reparem no pequeno e repentino incômodo entre os pais), veste umas roupas sempre muito sérias, ninguém sabe da história dela

---

* Você está louco! Isso não é de Deus!

em Porto Alegre. E alguém tem notícia de algum namorado dela? Não, ninguém. Pensando bem, ela até tem um jeito de caminhar meio de homem. Eu mesmo já vi ela num banco da praça, sentada com as pernas meio abertas, sem nem se preocupar!

– Mas aparecia algo? – interessou-se um.

– *Nein, nein*, não aparecia nada. Claro que não! Mas era a pose dela, *verstehst*?* Uma pose que não era bem de mulher.

– *Ja, ja* – riu-se um dos presentes, entendendo.

– E eu já vi ela fumando também. Na rua – complementou outro.

– *Mein Gott*! Fumando na rua? – disse o pai de Franz, ampliando o seu ar de escândalo e olhando para Johann com certo jeito de desafio. – E é essa mulher que dá aula para as nossas filhas?

– Tu nem tens filhas... – comentou Schmitt, gozador.

Mas Hugo Griebler seguiu, sério:

– Eu não tenho, mas vocês têm. Eu me preocupo com a influência que as nossas moças podem ter!

Claro, claro, concordaram todos – e abateu-se sobre a mesa um tempo sem dizer nada. Até que Schmitt prosseguiu:

– Johann, por que mesmo ela saiu de Porto Alegre?

---

* Entende?

– Ela saiu da escola porque ficou doente – respondeu o pai de Hannah.

– Será mesmo isso? – perguntou Griebler, maliciando a dúvida. – Não pode ter sido outro motivo? – e mais não disse, deixando que a pergunta se instalasse sobre a mesa.

Johann não gostou daquela provocação, mas não podia responder nada: Hugo Griebler era o pai de seu futuro genro, e a preocupação dele não deixava de ter certa pertinência. "Quem saberia as verdadeiras razões de uma professora tão competente ter se disposto a trabalhar fora de Porto Alegre", pensou.

– Vou descobrir isso – respondeu ele, depois de um tempo. E pediu mais um café, a ver se conseguia mudar de assunto.

22

A DESCOBERTA

Quando Hannah chegou na casa de Catarina, a porta já estava aberta. Ela entrou ainda assim, talvez um pouco desconfiada com aquela novidade estranha, apenas para perceber, deliciada, que a professora a aguardava atrás da entrada, esperando para lhe dar um pequeno susto, surpresa de crianças grandes. Naquele rápido assombro, a aluna percebeu que a professora não havia refutado o beijo da aula anterior. Então, sem sequer pensar em largar as flores que trazia e que agora já não eram mais seu único segredo, buscou novamente a boca mais experiente de Catarina, e naquele instante nem uma e nem a outra lembraram de maçãs verdes ou biscoitos de polvilho, deixando apenas que os hálitos se misturassem em levezas. Quando por fim terminaram aquele beijo, foi a aluna quem fechou com suavidade a porta e, colocando sobre o piano as flores colhidas ainda há pouco no jardim proibido de Eva, puxou Catarina e seus pés amorosamente descalços em direção ao quarto, como se fosse a dona da casa e soubesse todos os caminhos.

E a professora se deixou ir, decidindo que não poderia lutar contra a vida.

A cama onde antes repousara o xale de Hannah agora servia de amparo a muito mais. Sentaram-se num abraço em que não se distinguiam os corpos, como se naquele momento estivessem dando uma à outra um presente sempre prometido, e novamente foi Hannah quem tomou a iniciativa. Deitou-se sobre a colcha meio às gargalhadas, escondendo talvez o tanto de medo e ansiedade, e naquele movimento puxou ainda mais para si a professora, boca procurando boca, pernas entrelaçadas numa alegria urgente, as mãos descobrindo outros calores além das mãos, o cheiro de saliva fresca.

Catarina resistiu por um instante, talvez apenas pela surpresa, e então segurou as faces pulsantes de Hannah, achando as forças necessárias para perguntar:

– Tens certeza?

Hannah olhou para a professora com uns olhos que não cabiam no mundo e disse apenas que sim.

– Mas isso precisa ser o nosso segredo – disse Catarina. – Mais do que as flores, mais do que tudo, isso precisa ser o nosso segredo. Eu te peço.

Hannah logo concordou; para ela, a noiva prometida, também era preciso que tudo aquilo fosse um segredo.

E então seguiram, lentamente, descobrindo-se aos poucos, com vagar e deleite. Primeiro Catarina tirou o cloche de Hannah, que tinha sido comprado na modista da vila e se parecia às fotografias de Paris ou Hollywood, e então acariciou aqueles cabelos loiros e finos, mais valiosos do que o ouro a que se pareciam; a aluna fechou os olhos num gozo novo, sentindo a leveza intensa daquele afago, e esperou que as mãos da professora fossem descendo sobre o mapa alabastrino de seu corpo, a delicadeza do rosto, a correntinha que lhe adornava o pescoço, até que chegaram ao colo e se demoraram um instante no regaço gracioso dos seios, como se decidissem o lado primeiro a visitar. Hannah então descobriu os ombros, descendo para os braços o decote largo do vestido, e quando conseguiu livrá-los, Catarina teve apenas o trabalho bom de descer a peça até a cintura da aluna, descobrindo a alvura suave do colo, penugem branda e clara ao redor do umbigo, arrepio a esse toque novo e aguardado. Olharam-se ainda outra vez, a certificar-se de que eram elas mesmas e estavam mesmo ali, e então Catarina subiu os lábios aos seios oferecidos de Hannah, beijando-os como se já os conhecesse desde sempre e, ao mesmo tempo, estes lhe oferecessem a maravilha do mistério. Hannah gemeu, olhos abertos para que também através deles pudesse sentir o que sentia e, quando já contorcia as pernas num estremecimento novo, Catarina parou por instantes e, levantando-se, baixou também ela o vestido acinzentado e abriu o sutiã, oferecendo a curvatura dos seus seios aos lábios e mãos iniciantes da aluna. Hannah admirou num segundo aquela pele morena e tão diferente da sua, e permitiu-se mergulhar naquele mel. E então foram os gemidos de Catarina que o quarto começou a ouvir.

A professora deixou que a aluna seguisse seus movimentos novos, como uma valsa que fosse executada pela primeira vez e as teclas auxiliassem a pianista. Hannah apenas fez com a fome da descoberta aquilo que a vida lhe mandava e só agora ela começava a obedecer. Catarina abandonou-se um pouco, até achar que já era a hora de ir adiante. Inclinou o corpo e, com o rosto próximo à cintura de Hannah, agarrou suavemente as mangas do vestido da aluna. Então, com o auxílio decidido daqueles braços que se desnudavam pela primeira vez, começou a puxar o tecido para baixo. Hannah afastou as coxas e levantou um pouco as pernas, o tanto necessário para que a veste passasse por baixo de si, e foi ainda com a mesma leveza que Catarina fez com que este escorregasse pelas pernas claras da aluna. Ajoelhada ao lado da cama, olhos nos olhos uma da outra, Catarina descalçou as sapatilhas finas de Hannah e colocou-as ao lado do vestido, que ela havia tomado o cuidado de dobrar com uma languidez que não era mais do que a extensão de suas carícias. Depois, ainda ajoelhada, começou a trazer vagarosamente para baixo a calcinha e a meia-calça de Hannah, e contemplou a penugem loura e tímida, aquela rosa da rainha. Desceu as peças ao chão e as depositou com o mesmo cuidado junto ao vestido e aos sapatinhos. Depois levantou-se e, num movimento de quem já conhece e sabe, deixou escorregar o próprio vestido, permitindo a Hannah que visse, maravilhada, que não vestia nada mais.

E quando então os dois corpos ficaram nus por completo, uma luz nova e plena pareceu brilhar naquele quarto.

23

DOIS TAPAS

Foram três semanas. Três semanas nas quais Hannah sentiu a alegria triste de conhecer um amor sem perdão, enquanto Catarina se entregava outra vez à danação a que estava desde sempre destinada. Uma danação boa e trágica, pensava Catarina, enquanto Hannah somente sabia que valia a pena: as duas se encontravam nas aulas e fora delas, Hannah inventando motivos para ir à casa da professora, levando ou não levando as flores que eram o seu primeiro segredo. Esqueci meu xale, preciso pegar uma partitura. Ou inventava desculpas para sair mais cedo dos passeios com Franz e se abrigar no colo de Catarina. Ou nada: apenas saía de casa sem dizer palavra a ninguém, vontade imperiosa e maior que os protocolos. Na escola das moças, entretanto, o respeito distante que a aluna dispensava à mestra e a quase solenidade com que esta lhe respondia as perguntas davam a ambas a certeza de que ninguém poderia desconfiar de nada.

Mas na terça-feira, quando voltou da aula, Hannah estranhou que o pai já estivesse em casa, olhos de uma severidade incomum. Johann estava sentado na poltrona da sala e fumava em silêncio; num canto do sofá, Eva torcia as mãos num nervosismo desconsolado. De pé, fingindo procurar algo na estante, Thomas mal conseguia conter a excitação.

– Hannah, *sitzt hier*! Senta aqui agora! – ordenou o pai, enquanto colocava o cigarro no cinzeiro. – E Thomas, vai brincar no teu quarto. *Jetzt*!

O filho tentou argumentar – queria presenciar o espetáculo –, mas no instante em que abriu a boca, Johann novamente ordenou, sem levantar a voz:

– Agora.

Ao tempo em que o irmão saía, Hannah sentou-se na poltrona disposta ao lado do pai, tensa. A mãe a mirava com um desânimo tristíssimo. Johann não quis olhar para a filha quando perguntou, direto:

– Por que a mentira?

– Que mentira, *vati*? – Hannah perguntou, ainda que já soubesse.

– Tu sabes muito bem – respondeu Johann, a raiva controlada (mas observem que, igual a Eva, ele também esfrega as mãos). – Por que roubar as flores do jardim da tua mãe e mentir dizendo que não sabia de nada?

– Mas não fui eu! – Hannah se ouviu falar, desesperançada; sabia que não podia dizer aquilo, mas havia dito.

– Não mente de novo! – a voz do pai num crescendo, as mãos da mãe em desespero mudo. – O teu irmão te viu roubando uma rosa no jardim! E te seguiu! Te viu entrando com a flor na casa da professora! É verdade ou ainda vais continuar mentindo?

Hannah soube que não havia o que responder. Ficou calada, prisioneira daquele instante, até que o pai gritou:

– É verdade ou não é?

Ela olhou para o pai e para a mãe, e nesse olhar havia a certeza desamparada de que eles nunca conseguiriam entender. Depois respondeu, a voz como se não existisse:

– Sim.

– E por quê? – perguntou Johann, enquanto Eva seguia muda em seu desalento; deixava ao marido as perguntas que ela mesma tinha.

A filha não disse nada, silêncio sem destino.

– Por quê? – gritou o pai, exasperado, exigindo uma resposta.

Naquele instante em que o pai lhe ordenava a verdade, Hannah se deu conta de que esta teria que ser completa. Não poderia ser pela metade, nem poderia inventar mentiras que depois não soubesse sustentar. Foi então que lhe apareceu uma coragem que nem conhecia, a coragem última dos que se sabem perdidos e por isso mesmo não têm mais nada a perder. E respondeu, repentinamente tranquila, firmeza de voz que chegou mesmo a surpreendê-la:

– Porque eu amo a professora – e logo depois, porque já não era mais da professora que se falava: – Eu amo a Catarina.

– *Mein Gott*! – gritou a mãe, erguendo as mãos a um céu impiedoso, e foram essas as únicas palavras que falou; depois caiu num choro miúdo de mundo acabado.

Johann olhou o choro da esposa e, aturdido, ainda perguntou:

– O quê?

– É isso, *vati*. Não posso fazer nada. Eu amo a Catarina – falou em voz baixa, quase com alívio.

Por um segundo, o homem pareceu não entender o que a filha dizia. Depois, como se não fosse ele mesmo, levantou-se da poltrona e desferiu um tapa com as costas da mão no rosto de Hannah, que, desacostumada, assustou-se mais com o ato do que com o golpe. A jovem sentiu a vermelhidão intensa da face e soube que naquela hora não choraria; não poderia dar ao pai o gosto de suas lágrimas.

– Nunca mais repete isso, entendeu? Nunca mais repete essa bobagem! – gritou Johann, o dedo em riste.

– Mas eu não posso fazer nada, *vati*! Eu amo a Catarina! – respondeu Hannah, também num grito.

O tapa seguinte foi mais forte, do outro lado da face. Então não houve como segurar o choro.

24

A EXPULSÃO

Ao lado esquerdo da casa que a Associação Colegial disponibilizara à professora, havia um largo terreno baldio. Ao lado direito, numa casinha cheia de caprichos, morava um casal, os Pereira, ambos empregados da fábrica de calçados que Johann trouxera à vila.

Os Pereira poderiam ter escutado as batidas ferozes de Johann à porta da casa da professora, os gritos e impropérios que havia vociferado em alemão e português, as pancadas que dera na mesa da cozinha, o assobio de desprezo brutal com que estendera à Catarina o anúncio da demissão e o pagamento pelos dias trabalhados, as ordens para que ela voltasse ainda naquele dia a Porto Alegre, o estrondo com que fechara a porta, o peso raivoso de seus passos indo embora.

Poderiam também ter escutado o choro assustado da professora, as poucas palavras de defesa, os barulhos pequenos com que começava a recolher suas roupas no armário, a tampa do piano sendo aberta, o desespero com que tocara a "Berceuse" fora do ritmo como uma espécie de desconsolada homenagem. Poderiam também escutar, como se fosse um mantra, a professora pedindo perdão a todos e a si mesma por aquele destino contra o qual não podia lutar.

Mas os Pereira estavam na fábrica naquela hora, fazendo sapatos, e nada viram ou escutaram. Nem eles, nem ninguém.

Por isso, ninguém duvidou quando Johann disse que a professora tinha decidido ir embora por causa de um problema familiar.

25

O CASAMENTO DE HANNAH E FRANZ

A igreja está lotada de gente, evangélicos e católicos, neste sábado à noite. Ainda que o pastor já esteja em seu púlpito e o noivo pronto no altar, engalanado em seu fraque cinza-escuro e disfarçando com sorrisos o pálido nervosismo, há um burburinho pequeno e espalhado, escorrendo miúdo pelo silêncio do templo. Não por conta dos comentários que haviam sucedido à partida repentina da professora, meses antes – isso já havia terminado, sempre há assuntos se sobrepondo –, mas sim porque estavam ali quase todos os casais e famílias da alta sociedade da vila e, por óbvio, era impossível que não se comentasse, sempre à voz baixa e olhares de todos os tipos, a elegância ou deselegância deste ou daquele traje ou vestido.

Mas não há quem tenha qualquer censura à decoração da igreja. Johann e Hugo Griebler fizeram questão de, dividindo igualmente as despesas da cerimônia e da festa, deixar claro o quanto eram prósperos e o quanto abençoavam com suas posses aquele casamento. Há duas fitas de seda entrelaçadas, uma cor de rosa e a outra azul-claro, ambas com fímbrias douradas, que se estendem pelo corredor central, afixadas nas laterais dos bancos, desde o último até o primeiro – o que, aliás, faz com que os elegantes convidados precisem entrar em seus lugares apenas pelos cantos que ladeiam as paredes. No corredor habitualmente nu, os pais dos noivos instalaram um longo e caro tapete com motivos de família e dísticos em alemão, feito numa tapeçaria de Porto Alegre, e que por conta de seu tamanho e peso ficará mesmo como doação à comunidade evangélica. Próximos à parede, de tanto em tanto, tocheiros ajudam a iluminar com certa leveza a nave. Ladeando o altar, há dois enormes e coloridos arranjos florais. Em cada lateral dos bancos, encimando o longo e elegante fio de seda, há um gracioso arranjo de flores do campo, que Eva, com certa dor no coração, havia confeccionado um dia antes. Estão lindos os buquês. E no altar, ao lado de onde a filha se postará, há uma coluna sobre a qual

Eva, em prova maior de amor, dispôs um ramalhete inteiro com doze rosas do rei.

O organista é o mesmo de sempre – *herr* Ziegler. Mas há um conjunto de violino, violoncelo e flauta que veio da capital ainda ontem, a tempo de ensaiar junto com o órgão as músicas a serem tocadas. Para a entrada da noiva, também de Porto Alegre veio uma soprano, que já se apresentou mais de uma vez no Theatro São Pedro, e que cantará a "Ave Maria" de Gounod. A mulher, com ares e jeito de prima-dona porque havia cantado no mesmo palco em que também se apresentara Zola Amaro, ficou hospedada no hotel de Johann e exigiu que não fizessem barulho e a deixassem em silêncio, para descanso da voz.

A festa não deve ficar atrás. Os mesmos cuidados emprestados à igreja estão presentes na celebração de logo mais. A sede da Sociedade de Canto Imperial, talvez o prédio mais bonito do lugar, próxima às igrejas e à praça, está enfeitada num capricho que poucas vezes se viu. As toalhas brancas rendadas, arranjos de flores do campo em todas as mesas, louças e talheres com cabos trabalhados e, sobre os pratos, guardanapos de seda comprados no Palacete Oriental e nos quais estão gravadas, em monograma dourado, as letras H e F. Nem se fale do cardápio: Griebler tinha separado os melhores cortes de carne em seu matadouro, tanto de gado quanto de leitões, e haviam mandado vir da Serra dezenas de perdizes, que vários ajudantes e cozinheiros passaram a noite depenando e que mais adiante seriam decoradas e servidas aos molhos de xerez e de nata. Batatas de todos os tipos, purê temperado de ervas e queijos, arroz com especiarias, *eisbein*,* língua com ervilhas, saladas várias. Cerveja, aguardente, vinhos brancos e tintos, refrescos para as senhoras e crianças, licores ao final. Quatro tipos de sobremesa: pudins, *apfelstrudel*, doce de mamão verde e ambrosia. Além, é claro, de fatias de cuca. Dizer que é banquete talvez seja pouco; o livreiro Schmitt comentará dias depois, no Café da Cidade, que fora um ágape digno de Pantagruel – e todos concordarão, mesmo sem saber o que isso significa.

A festa é depois, no entanto.

Porque agora, vejam, é a noiva quem chega, esplendorosa nos braços orgulhosos e vencedores do pai. Enquanto na lateral do púlpito os músicos e a cantora começam a executar a "Ave Maria" e a igreja inteira se enche de um arrepio esperado, Franz nem tenta se conter ao ver aquela beleza tão sua que caminha em elegância sobre o tapete recém-instalado, pisando sem perceber sobre os dísticos e a família. No banco mais próximo ao altar, ao lado

---

* Joelho de porco.

de Thomas, Eva chora também suas lágrimas de felicidade e tormento acabado, vendo a filha avançar de véu e grinalda naquele vestido cujo molde uma casa de modas de Porto Alegre havia copiado de certa revista francesa, e que tinha ficado ainda mais bonito que o da fotografia. No peito do vestido, um camafeu de prata e um arranjo minúsculo e delicado, que a mãe confeccionara e fizera questão que a filha vestisse, a fim de que também ela estivesse presente no encanto daquela entrada. E cada passo da noiva em direção àquele que em breve será seu marido é um novo tremor de emoção em todo o templo, porque ela está verdadeiramente linda nesse sorriso que não lhe sai do rosto.

(Mas percebam que o sorriso não combina com a tristeza dos seus olhos.)

26

O TEMPO

(E agora reparem no tempo escorrendo pelas mãos de Hannah: são anos de páginas quase em branco.

O tempo.)

27

A MEMÓRIA DAS ROSAS

Hannah ia seguidamente a Porto Alegre, mas o movimento intenso e colorido da Rua da Praia conseguia impactá-la como se fosse sempre a primeira vez. O colorido das vitrines e dos letreiros, as lojas com tantas variedades e ofertas, o burburinho vivo das ruas e dos cafés, os cinemas da Praça da Alfândega (a elegância do Central, onde nenhum homem podia entrar sem gravata), a Livraria do Globo – os poetas, escritores, intelectuais, políticos e profissionais liberais ao seu redor–, moças e moços fazendo o *footing* e flertando na alegria de suas juventudes, tão bonitos e elegantes: tudo era um conjunto que conseguia maravilhá-la quando, por conta do empório paterno, precisava viajar à capital, a fim de fazer compras ou encomendar algumas miudezas. Cidade grande, onde todos podiam viver a vida do jeito que bem entendessem, pensava ela sempre que punha os pés em Porto Alegre.

Depois de fazer tudo o que precisava, Hannah decidiu que ainda tinha tempo para se permitir uma pequena delícia: chá de pêssego e uma fatia de torta na Rocco. Subiu a Ladeira com certo vagar em direção à Riachuelo, um pouco pela íngreme inclinação do trecho e outro tanto para seguir admirando o caminho; na Biblioteca Pública, parando um instante para respirar e dar uma breve e amorosa mirada às costas do Theatro São Pedro, rumou à esquerda, flanando as poucas quadras que a separavam do suntuoso prédio da confeitaria, na esquina com a Doutor Flores. Parou em frente à Rocco, como de costume, apenas para admirar ainda outra vez a arquitetura do edifício, suas colunas e pilastras com capitéis e, mais que tudo, os poderosos atlantes, que pareciam sustentar sobre seus ombros parte do peso da construção. Uma obra de arte, dizia Hannah para si mesma a cada vez que se dava esse prazer, enquanto entrava pela porta central da doçaria.

E foi nesse momento que encontrou Catarina.

A professora saía carregando um pacote de doces. Pararam ambas, frente a frente, e durante um segundo permaneceram imóveis, como se naquele instante buscassem confirmar-se, como se precisassem ter a certeza da alegria daquele encontro tão imprevisto.

– Hannah? – perguntou Catarina, já sorrindo.

– Eu mesma, professora – respondeu Hannah, devolvendo o sorriso.

Depois corrigiu-se, brincadeira com a qual tentava domar a emoção:

– Na verdade, eu mesma, Catarina. Não vou lhe chamar de professora porque não estamos em aula – e riu.

E então, esquecidas dos protocolos, abraçaram suas saudades na entrada da confeitaria, até que se deram conta de que atrapalhavam a passagem das pessoas.

– Tens tempo para um chá? – questionou Hannah.

– Tenho, claro – respondeu Catarina, sorriso que não desaparecia.

Sentaram-se próximas à vitrine e pediram chá de pêssego. Hannah ordenou também uma fatia de torta de nata e morango.

– Não consigo resistir a esse doce – comentou ela, enquanto Catarina a olhava.

– Quantos anos tens agora? – perguntou a professora.

– Vinte e três – respondeu Hannah.

– Vinte e três! – exclamou Catarina. – Tinhas dezoito na época das aulas! Meu Deus, como o tempo voa!

Permaneceram em silêncio por um tempo, mas seus olhares conversavam – como se aquela mudez buscasse explicar a ausência, a falta da despedida, as palavras sem destino, a quebra, as solidões de todos aqueles cinco anos. Talvez tenham pensado em trivialidades, a gostosura dos doces, a elegância movimentada do lugar (mas provavelmente não). E talvez tivessem alguma dúvida sobre as frases a serem usadas, os cuidados, tateando os caminhos da conversa, ainda se recompondo da surpresa, ambas acomodando em seus peitos aquele sobressalto.

Foi Hannah quem perguntou:

– O que estás fazendo?

– Sigo dando aulas. Trabalho numa escola de meninos e meninas, sou professora de português.

– Uma escola mista, então? Que ótimo!

– Já estamos na década de 30, são tempos modernos – sorriu Catarina, e nesse sorriso e nessa resposta moravam tantos significados.

O garçom trouxe o chá e a fatia de torta. Hannah provou aquela maravilha de açúcar e frutas frescas e, soltando um suspiro prazeroso, partiu com o garfo um pedaço e o ofereceu a Catarina.

– Prova – pediu ela.

A professora estendeu o corpo, aceitando o doce que a ex-aluna lhe ofertava, e novamente permaneceram nuns instantes sem palavras, saboreando ambas o mesmo gosto ao mesmo tempo e sem perceber o olhar desaprovador que vinha de uma mesa próxima. Sorriam seus olhos enquanto mastigavam. Hannah pensou em relembrar os biscoitos de polvilho, os chás durante as aulas, a toalhinha caprichosa sobre a bandeja – mas melhor não, decidiu.

– E as aulas de piano? Segues como professora?

– Às vezes – respondeu Catarina. – Mas nunca mais tive uma aluna como tu.

Hannah enrubesceu com leveza, rubor tímido e satisfeito. Então, baixando os olhos para a torta como se examinasse com o garfo a textura da nata e dos morangos, achou a coragem de perguntar:

– E te casaste?

Catarina soltou uma risada poderosa, sem medo ou pejo; na mesa ao lado, o homem que tomava café e lia o *Correio do Povo* levantou os olhos em expressão de desagrado – mulheres não devem rir alto em espaços públicos.

– Não! Sigo solteira. Solteira da costa e silva! E tu? Como está a tua vida?

A ex-aluna, então, começou a falar. Contou com certos detalhes a sua vida naqueles cinco anos como se precisasse colocá-los todos em dia. Falou do tempo que ficara presa em casa, proibida de sair, vigiada por pai, mãe e empregados, a doença inventada para justificar as duas semanas que faltara às aulas. Havia uma professora nova quando voltara, contou Hannah, uma senhora severa e sem risos, de quem as alunas pouco gostavam, e a notícia que correra na vila é que Catarina tivera que voltar à capital por conta de uma doença na família. (Enxerguem a ironia no sorriso breve da professora.) E nos meus dezoito anos eu não tinha a coragem e nem a força de desmentir, disse ela. Terminara o colégio e, logo após, acontecera o casamento com Franz. Os pais dos noivos tinham antecipado tudo. A família de Franz, porque era o que o filho mais queria; os meus pais porque sabes bem a razão, explicou, levemente sem jeito. Nos meus dezoito anos também não tive a coragem de dizer não, disse. Foi uma festa enorme, para mostrar a felicidade das famílias. E agora estava trabalhando na loja do pai, cuidando das compras. Por isso essa vinda a Porto Alegre. Venho quase sempre, comentou. Uma mulher moderna, riu.

– E teu esposo não se incomoda com o fato de trabalhares? Ele te deu permissão?

Hannah tomou um gole de chá e disse apenas:

– Franz faleceu há dois anos.

Catarina soltou um pequeno grito de espanto e lamento:

– Ai, meu Deus! Que triste!

– Sim, muito triste. Uma tragédia, pneumonia. Franz nunca foi muito forte... – e, depois de um breve silêncio, lágrimas paradas nos olhos. – Era um homem bom, eu gostava muito dele.

– Imagino o sofrimento – comentou Catarina, condoída.

– *Ja*, não foi fácil. Mas o *vati* e a *muti* me ajudaram, não me deixaram sozinha. O pai e a mãe do Franz, *mein Gott*, a tristeza que ficaram! Nunca mais se recuperaram!

Catarina ficou um tempo sem saber o que dizer; o encontro depois de tantos anos não podia ser sombreado pela melancolia. Acontece que Hannah também não queria que aquela hora tão inesperada quanto esperada tivesse a chance de sucumbir ao desalento, e foi ela então quem rompeu a névoa.

– Mas já passou – disse, sacudindo a mão no ar, como se espantasse com o braço aquela vaguidão triste. – A vida seguiu em frente e me ensinou muitas coisas: comecei a trabalhar, ganho o meu dinheiro, sou mais madura – parou um instante, olhando diretamente para Catarina. – Mais corajosa e independente, também.

– E ainda mais bonita – ousou a professora, devolvendo o olhar à ex-aluna.

– Tu também – respondeu Hannah. Aqueles olhos tão verdes.

Deu-se um novo silêncio entre as duas, dessa vez tão leve, e por um tempo ninguém desejou quebrá-lo; queriam apenas fruir o que haviam dito e ouvido. Então foi Catarina quem o rompeu:

– E tu, continuas tocando piano? Espero que sim.

– De vez em quando. Mas nunca mais tive aula – depois corrigiu-se: – Não é bem isso: eu não quis mais ter aula – e sorriu; havia nesse sorriso uma vastidão de lembranças.

– Foram as melhores aulas da minha vida – comentou Catarina.

E depois de um instante em que pareceu não saber se devia ou não falar:

– Ainda tenho guardadas as pétalas da primeira rosa que me deste. A rosa do rei. Estão no meio das páginas de um livro.

– *Ach, wie schön*! Que lindo! – Hannah pôs as mãos à boca, suspiro contido, enquanto novo brilho de lágrimas refulgiu em seus olhos, mas se conteve; o que pensariam os outros clientes da confeitaria?

– Seguido eu as vejo – disse a professora.

Hannah imaginou como estariam as pétalas depois daqueles cinco anos: secas, velhas, quebradiças, alquebradas, farelentas, a cor perdida. Mas guardadas entre as páginas de um livro e olhadas, talvez acariciadas de vez em quando, de algum modo as flores não haviam morrido. Essa certeza lhe aquentou o coração viúvo, calor que parecia redescobrir a vida. E, sem que se desse realmente conta, de repente viu-se perguntando:

– E tu aceitarias me dar aulas de novo?

Catarina sorriu com certa surpresa e naquele sorriso se entrevia um mundo.

– Quem sabe? – brincou. – Mas deixa eu ver se teus dedos ainda são de pianista.

Hannah estendeu as mãos à professora, que as acolheu com o mesmo calor de cinco anos atrás. Ficaram assim por um tempo longo e sem medo, mão sobre mão num silêncio feliz e de olhares completos, apenas pensando em como seriam boas as aulas que teriam pela frente.

lepmeditores
www.lpm.com.br
o site que conta tudo

IMPRESSÃO:

PALLOTTI
GRÁFICA

Santa Maria - RS | Fone: (55) 3220.4500
www.graficapallotti.com.br